Миний алган дээрх бадамлянхуа

Каратала Камала

Translated to Mongolian from the English version of Lotus on my Palm

Devajit Bhuyan

Ukiyoto Publishing

Дэлхийн нийтлэх бүх эрхийг эзэмшдэг

Үкиото хэвлэлийн газар

2024 онд хэвлэгдсэн

Агуулгын зохиогчийн эрх © Devajit Bhuyan

ISBN 9789362690043

Бүх эрх хуулиар хамгаалагдсан.

Энэхүү нийтлэлийн аль ч хэсгийг хэвлэгчээс урьдчилан зөвшөөрөл авалгүйгээр цахим, механик, хуулбарлах, бичлэг хийх болон бусад хэлбэрээр ямар ч хэлбэрээр хуулбарлах, дамжуулах, хайх системд хадгалахыг хориглоно.

Зохиогчийн ёс суртахууны эрхийг баталгаажуулсан.

Энэхүү номыг хэвлэгчийн урьдчилан зөвшөөрөлгүйгээр худалдаа болон бусад хэлбэрээр зээлдүүлэх, дахин худалдах, хөлслөх болон бусад хэлбэрээр тарааж болохгүй гэсэн нөхцөлтэйгээр худалдсан болно. хэвлэгдсэн.

www.ukiyoto.com

Энэ номыг нохой, үнэг, илжиг хоёрын сүнс Рама бурхан гэж итгэдэг Шриманта Шан Карадева болон дэлхий даяар амьдарч буй бүх хүмүүст зориулагдсан болно.

(Кукура Шригало Гадарбхару Атма рам, жания хабаку кориба пранам)

"Дээд Эзэн нохой, үнэг, илжигний сүнсэнд ч үлддэг.

Үүнийг мэдэх нь бүх амьд биетүүдийг хүндэтгэдэг."

- Шриманта Санкардев (1449-1568)

Агуулга

Удиртгал	1
Миний алган дээрх бадамлянхуа	3
Санкардевагийн энгийн шашин	4
Нэг өргөлтийн шашин	5
Санкардева дахин эргэж ирэх ёстой	6
Санкардевагийн шашинд	7
Санкардевад хогоо аваарай	8
Шавь нар Санкардевад зочилдог	9
Бүх нийтийн Гуру Санкардева	10
Ассамын алт	11
Санкардевагийн Бриндавани бастра (даавуу)	12
Зүрхний хаан	13
Санкардевагийн явах	14
Шива бурханы хөл	15
Мөнгөний аттанд орсон шашин	16
Залбирал	17
Мөнгө	18
Ассам Рино	19
Хүн	20
Хөндий өөдрөг	21
Цэцэглэж буй Ассам	22
Согтууруулах ундаа хэрэглэхээс зайлсхий	23
Дайн	24
Сайн ажил	25
Хэн ч үхэшгүй мөнх биш	26
Өнгөний баяр (Холи)	27
Читал	28
Баяр наадмын улирал	29
Нас	30
Ээжийгээ хайрла	31
Дөрөвдүгээр сар	32
Дасаратха (Рамаяна түүх)	33
Бхарата	34

Лакшмана	35
Лаба (Рамагийн хүү)	36
Бурханыг хайж байна	37
Шударга замын сүйх тэрэг	38
Сэтгэлдээ анхаарал тавь	39
Цаг биттий үрээрэй	40
Сэтгэлийн өвдөлт	41
Биеийн арчилгаа	42
Хүүхдийн алхалт	43
Мадангийн хошигнол	44
Гайхамшигт нохой Коко	45
Салхи	46
Байгалийн ургамал	47
Сэтгэлийн айдас	48
Модноос айдаг	49
Өөрчлөгдөж буй намын улс төр (Энэтхэгт)	50
Шинэ өнгө	51
Дараагийн амьдралдаа уулзах	52
Дээрэлхэх	53
Санваартан	54
Нар мандах болтугай	55
Бхарата, хурдлаарай	56
Бүгдэд нь хайртай	57
Том, чи ажиллаж эхэл	58
Үхэх үед	59
Гэрийн бор шувуу	60
Мөнгөний гялбаа	61
Ажиллахад бэлэн байгаарай	62
Амжилттай амьдрал	63
Алтан Ассам	64
Лаа	65
Авад хаант улс	66
хилэн	67
Сар	68
туулай	69

Хэрүүл	70
Рино, амьд үлдэхийн төлөөх тэмцэл	71
Голын давалгаа	72
Шумуул	73
Зурхайч	74
Жаран нас	75
Мууддаггүй ээж	76
Хайрт Ассам	77
Хайрын бальзам	78
Гэр, гэр бүлийн талаарх мэдээлэл	79
Мөнгө шаргуу хөдөлмөрөөр ирдэг	80
Бух	81
Уур хилэн	82
Халуун үлээх хүйтэн	83
Холимог тоглоом	84
Шинэ жилийн хайр ба энэрэл	85
Гуравдугаар сараас дөрөвдүгээр сар хүртэлх Ассам мужийн цаг агаар	86
Дөрөвдүгээр сарын хайр	87
Хачирхалтай ертөнц	88
Ээжийн хайр	89
Үүл	90
Буруу ашиглах	91
Эрт урьдын цагт	92
Үнэ цэнэгүй хайр	93
Ахомын зургаан зуун жилийн тасралтгүй засаглал	94
Би амжилтанд хүрнэ	95
Шатаж буй цэцгийн мод	96
Арабын ард түмэн	97
Ширэнгэн ой	98
Хаддар (хади даавуу)	99
Ассам сүрчиг (Агар модны тос)	100
Үер	101
Ажлын үр жимс (Үйлийн үр)	102
Атаархал	103

Бүх зүйл ердийнхөөрөө явах болно	104
Мэлхий	105
Хэрээ ба үнэг	106
Өөрийнхөө шийдлийг олоорой	107
Хэн ч чамайг татахгүй	108
Хардалт, атаархал, атаархал	109
Мөнх бус байдал ба үхэшгүй байдал	111
Зорилгоо мэдэхгүй байна	112
Бидний хөдөлмөрлөж олсон мөнгө хаашаа алга болдог вэ?	113
Монгуус	114
Бурханы адислалууд	115
Үхсэн мод байх нь дээр	116
Би зомбитой хамт амьдардаг	117
Тэгээд амьдрал ингэж л явдаг	118
Шархалсан зүрх	119
Тогтворгүй технологи	120
Хүйсийн тэгш бус байдал	121
Нэг л өдөр шилэн тааз байхгүй болно	122
Бурхан түүний залбирлын байшинг сонирхдоггүй	123
Зохиогчийн Тухай	124

Удиртгал

Шриманта Санкарадева 1449 онд Энэтхэгийн зүүн хойд хэсэгт орших Ассам мужийн Нагаон дүүрэгт орших, цай, нэг эврэт хирсээрээ алдартай Бардовад төржээ. Санкарадева бага насандаа эцэг эхээ алдсан бөгөөд хүүхдийн хүмүүжлийн хариуцлага нь энэ ажлыг маш сайн гүйцэттэсэн эмээгийнхээ нуруун дээр байв. Санкара бага наснаасаа ч оюун ухаан, бие махбодийн асар их хүчийг харуулсан. Энэ үеэр олон ер бусын үйл явдал тохиолдсон нь түүнийг жирийн хүүхэд биш гэдгийг нотолсон юм. Санкарадевагийн сургуульд орсон анхны өдрөө бичсэн анхны зохиол бол ***Каратала Камала Камала Дала Наяна*** шүлэг юм .

"কৰতল কমল কমল দল নয়ন।
ভব দব দহন গহন-বন শয়ন ॥
নপৰ নপৰ পৰ সতৰত গময়।
সভয় মভয় ভয় মমহৰ সততয়॥
খৰতৰ বৰ শৰ হত দশ বদন।
খগচৰ নগধৰ ফনধৰ শয়ন॥
জগদঘ মপহৰ ভৰ ভয় তৰণ।
পৰ পদ লয় কৰ কমলজ নয়ন॥

(Каратала камала камаладала наяна
Бхавадава дахана гахана вана саяна
Напара напара пара сатарата гамая
Сабхая мабхая бхая мамахара сататая
Харатара варасара хатадаса вадана
Хагачара нагадхара фанадхара саяна
Жагадагха мапахара бхавабхая тарана
Парапада лаякара камалажа наяна)"

Энэ шүлгийн өвөрмөц онцлог нь бүхэлдээ гийгүүлэгчээс бүтсэн бөгөөд эхнийхээс өөр эгшиг байхгүй. Санкарадеваг шүлэг зохиохыг даалгасан ахимаг насны хүүхдүүдтэй хамт сургуульд суулгасан түүхтэй.

Тэрээр цагаан толгойн эхний эгшгийг дөнгөж сурсан ч дагаж байсан. Үүний үр дүнд Бурхан Кришнагийн зан чанаруудад зориулж, дүрсэлсэн тансаг сайхан шүлэг болов. Шриманта Санкарадева нь Ассамчуудын нийгэм соёлын амьдралын эцэг гэж тооцогддог. Тэрээр мөн санскрит хэлнээс гаралтай Ассам хэлийг орчин үеийн болгосон өвөг дээдсийн нэг юм.

Шриманта Санкардева бол Энэтхэгийн нийгэм, шашны томоохон шинэчлэгчдийн нэг юм. Тэрээр 15-р зууны үед Энэтхэгт байдаг шашны бүх философийг судалж, Хинду шашны зан үйлээс ангид, Хинду шашны шинэ урсгалыг дэлгэрүүлсэн Эка Саранан Наам Дарма. Тэрээр Хинду шашинд өргөн тархсан Бурханы нэрээр амьтны тахил өргөхийг эсэргүүцсэн. Тэрээр мөн Хинду соёлын кастын тогтолцоог эсэргүүцэж, каст, иттэл үнэмшлээс дээгүүр явахыг хичээж байв. Түүний алдарт үг "Кукура Шригала Гордобору атма Рам, жания сабаку кориба пронам": *нохой, үнэг, Илжиг гэсэн утгатай, хүн бүрийн сүнс Рама учраас хүн бүрийг хүндэл.* Энэ нь Есүсийн *"нүгэл үйлдэгчийг биш нүглийг үзэн яддаг" гэдэг шиг хүмүүнлэг үзэлд хүрч, хүн төрөлхтөнд уриалж байна.*

Шриманта Санкарадевагийн үзүүлсэн замаар би Ассам хэлээр "Каратала Камала", "Камала Дала Наяна", "Борофор Гор" гэсэн гурван яруу найргийн ном зохиосон бөгөөд энэтхэг хэлэнд өргөн тархсан эгшгийн бэлгэдэл болох карыг огт ашиглаагүй. санскрит хэлнээс гаралтай. Энэхүү "Алган дээрх бадамлянхуа" ном нь Ассам хэлээр бичсэн "Каратала Камала" номын орчуулга юм. Уг номыг англи хэл рүү эгшиптүйгээр орчуулах боломжгүй тул эх шүлгийн гол утга санааг алдагдуулахгүйгээр эх шүлгийн сүнс, сэдвийг хадгалан орчуулж байна. Энэхүү яруу найргийн ном уншигчдад таалагдаж, дэлхий нийт Шриманта Санкарадевагийн сургаал, үзэл санааны талаар мэдэх болно гэж найдаж байна.

_____Деважит Буян

Миний алган дээрх бадамлянхуа

Бур цэцгийн модны дор Санкардева унтаж байв
Түүний нүүрэн дээр нарны туяа гялалзаж байв
Хаан кобра үүнийг анзаарч, нарны гэрэл Санкарт саад учруулж байна гэж бодов
Кобра модны нүхнээс бууж, сүүдэр өгчээ
Найз нөхөд, ойр хавийн хүмүүс үүнийг хараад бүгд гайхав
Санкардева бурханаас тэнгэрлэг адислалуудыг авах ёстой
Тэгээд тэр анхны шүлгээ бүтэн цагаан толгой сурахаасаа өмнө бичсэн
Хүмүүс түүний шүлгийг зүрх сэтгэлээсээ хайрлаж, магтаж эхэлсэн
Гэвч малын тахил өргөдөг санваартнууд олон асуулт асууж байсан
Хаан Санкардевагийн биейг заанаар цохиж алахыг тушаажээ
Гэвч тэр Бурханы нигүүлсээр ямар ч гэмтэлгүйгээр зугтсан
Арав гаруй жилийн турш Санкара ариун газруудад очиж мэдлэг олж авав
Тэрээр гэгээрээд буцаж ирээд Ассам хэлээр үхэшгүй хэд хэдэн шүлэг зохиожээ
Миний алган дээрх бадамлянхуа нь үхэшгүй мөнхийн хэсэг болох Ассамын ард түмэнд хайртай хэвээр байна
Түүний бүх нийтийн хайр ба ахан дүүсийн тухай сургаал нь Ассамыг баян болгосон.

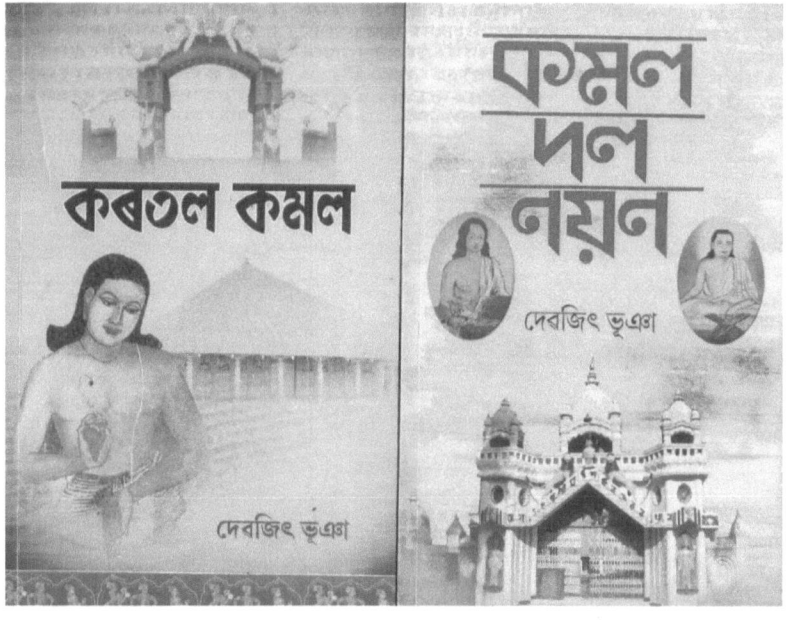

Санкардевагийн энгийн шашин

Дэлхийн шашин бол хайр юм
Хайранд хүрэх зам бол үрэлт биш сайн ажил юм
Сэтгэл цэвэр бол хайранд хүрэх зам амархан
Энгийн байх, хайрлах нь сайн шашин юм;
Уурандаа шашин шүтлэг, хайр дурлалын зам зогсонги байдалд ордог
Бид үргэлж бусдын шашин шүтлэгийг халуун, муу гэж хэлдэг
Бусдын үзэл бодлыг хэзээ ч бүү хүндэлж, тэвчиж болохгүй
Үүний үр дүнд шашин нь мунхаглал, дарангуйллын хэрэгсэл болдог;
Бүгдийг хайрла гэж хэлэх нь энгийн бөгөөд хэлэхэд хялбар боловч дагаж мөрдөхөд хэцүү байдаг
Тэгэхээр шашны энэ сургаал хэзээ ч хогийн ургамал шиг тархдаггүй
Хүмүүс хүсэл, шуналаар шашны мөргөл үйлддэг
Гэхдээ Санкар Девагийн шашныг дагахад хялбар, танд юу ч хэрэгтүй;
Архи бол авралд хүрэх зам биш, гэм зэмгүй амьтдыг хөнөөх зам биш юм
Айдас, шунал бол ажил, амьдралын зорилго биш
Гагцхүү бүгдийг хайрлаж, хайрлах нь жинхэнэ шашны сум юм
Мөнгө, шунал, үзэн ядалт, булчингийн хүч нь сэтгэл ханамжийн зам биш юм
Санкар Девагийн хэлснээр хүсэлгүй залбирах нь авралыг өгдөг.

Нэг өргөлтийн шашин

Түүний биеэс хувилах замаар Бурхан хүнийг бүтээсэн
Бид амьдралаа тэрхүү бүхнийг чадагчдад даатгах ёстой
Түүний хөл дээр бадамлянхуа цэцэг бариад залбирцгаая
Цаг хугацааны сум түүний хүслээр зогсч, бүх амьдрал дуусна;
"Бхарата" бол Дасаратха хааны гэрт төрсөн Рамагийн ах
Рама хайр, хүндэтгэл, амлалтын ач холбогдлын замыг харуулсан
Дивали, гэрлийн баярыг сайн сайхныг бузар мууг ялсан гэж тэмдэглэдэг
Рама хорон муу, ёс суртахуунгүй байдлын бэлгэ тэмдэг болсон Раванаг устгаж гэртээ буцаж ирэв
Тогтсон үнэн, эрх тэгш, иттэлцэл, бүх субьектийг хайрладаг хууль дээдлэх ёс
Рамагийн чин бишрэлтэн Санкар Девагийн сургаал ч мөн адил, бүгдийг хайрла
Ассам дахь хүмүүс өнөөг хүртэл Санкар Девагийн үзүүлсэн замаар явж байна
Кастын чөтгөр, шашин шүтлэг, шашны үзэн ядалтыг Санкар Дэвийн нутагт хүлээн зөвшөөрдөггүй
Түүний сургаал, залбирлын системээр дамжуулан шашин нь гэгээрсэн.

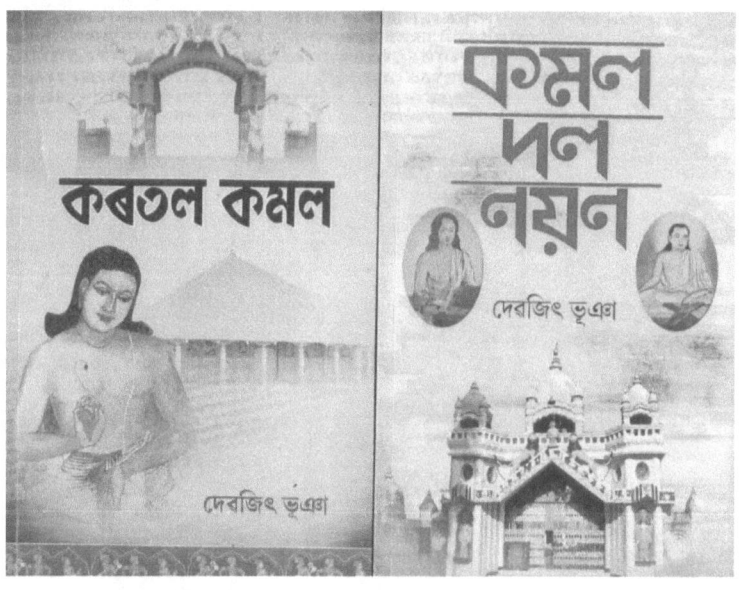

Санкардева дахин эргэж ирэх ёстой

Санкар Дев өөрийн шашны зарчмыг заaж сургахаар дахин Ассам руу буцаж очих ёстой

Хөгжил дэвшлийг дагалдаж байсан өвдөлт, хуваагдлыг тэрээр зөвхөн арилгаж чадна

Түүний нутагт шашин, нийгэм, хүйсээр ялгаварлан гадуурхах үл үзэгдэх хогийн ургамал

Зөвхөн түүний сургаал л хүний нийгэм дэх үзэн ядалт, хагарал, хуваагдлыг арилгах болно

Түүний оршихуй нь Ассам, Энэтхэгийн хүмүүсийн ихэнх өвчнөөс ангижрах болно

Санкардева буцаж, Ассам дэлхийн бөмбөрцөгт дахин гэрэлтэх ёстой

Түүний баптисм хүртэх, шавь бэлтгэх систем нь дэлхий даяарх болно

Хүмүүсийн сэтгэлгээ өөрчлөгдөж, ахан дүүсийн харилцаа хөгжинө

Түүний мөргөлийн сүм болох "Намгар" шинэ өндөрлөгт шилжих болно

Шашны өчүүхэн тайлбар нэрийн маргаан, маргаан арилна

Ассамчуудын сэтгэлгээ нь нээлттэй, илүү өргөн, хүмүүс хүмүүсийг нэгттэх болно

Дэлхийн нийгэм-соёлын орчинд хагалан бутаргах хар өтгөн үүл хэзээ ч харагдахгүй.

Санкардевагийн шашинд

Санкардевагийн хөл дээр бадамлянхуа хадгалцгаая
Дэлхий даяар түүний шавь болцгооё
Санкардевагийн шашин бол маш энгийн
Тэрээр Бурхан бол цорын ганц бөгөөд илэрхийлэхийн аргагүй цорын ганц юм
Бурханы ерөөлийн төлөө өөрийн бүтээлийг золиослох шаардлагагүй
Цэвэр сэтгэлээр Бурханд залбир, энэ нь маш энгийн
Бурхан хаа сайгүй байдаг бөгөөд хаана ч хэзээ ч залбирдаг
Зөвхөн төдийгүй бүх амьтны ертөнцийг хайрлах нь жинхэнэ шашин юм
Оюун санаагаа зоригтой болгоод сайн үйл хийвэл гэгээрнэ.

Санкардевад хогоо аваарай

Оюун санаа үргэлж тогтворгүй, хувирамтай байдаг
Үүнийг даван туулахын тулд Санкарын зам маш энгийн
Хөгшрөлтийн үед мөнгө ч, эд баялаг ч амар амгаланг өгөхгүй
Та хөл хөдөлгөөн ихтэй далайн эргийн ойролцоо байсан ч ганцаараа алхах хэрэгтэй
Танай гэрт ч гэсэн ямар ч залуу ярих сонирхолгүй болно
Мөн сэтгэлийн шаналал хэд дахин нэмэгдэх болно
Амьдралын сүүлийн өдрүүдэд яагаад бусдад дарамт болж байх ёстой гэж
Бурханд нээлттэй оюун ухаан, зүрх сэтгэлээсээ ямар ч хүслээр залбир
Мэдээжийн хэрэг, Санкарын бичвэрүүд авралд хүрэх эргэлзсэн оюун ухаанд хүрэх замыг харуулах болно.

Шавь нар Санкардевад зочилдог

Гар дээрх бадамлянхуа
Явган сабот
"Хот хот" дуу
Санкардевагийн ирснийг илтгэнэ;
Шавь нар нь баярладаг
Тэдний Санкардеватай уулзах хүсэл биелэв
Санкардева тод нар шиг харагдаж байв
Түүний туяг хараад шавь нар нь гайхаж байлаа
Тэдний амнаас залбирал урсаж эхлэв
Тэд тэнгэрлэг таашаалтайгаар Санкардевагийн хөлд хүрэв
Шавь нарын амьдрал амжилттай болсон
Санкардева тэднийг орчин үеийн, энгийн шашиндаа баптисм хүртсэн
Санкардевагийн сургаал аажмаар зэрлэг гал мэт тархав
Ассамын тэнгэр, агаар, байшингууд түүний шүлгийг дуулж эхлэв
Ассамын нийгэм соёлын шинэ чиглэлийг авчээ.

Бүх нийтийн Гуру Санкардева

Санкардева бол хүн төрөлхтний бүх нийтийн Гуру юм
Тэр бол сайн сайхан, тэгш байдал, сүнслэг байдлын бэлэг тэмдэг юм
Түүнтэй дүйцэх хүн байхгүй, байхгүй
Санкардевагийн үеийн цөөхөн хэдэн хүн л харагдсан
Нэг Бурханы бичиг, нэг залбирал, ахан дүүсийг сурталчилсан
Хүмүүсийн оюун санааны харанхуй хурдан арилав
Шуналтай, хэрцгий хүмүүс ухаан оров
Санкардева бол бүх цаг үеийн хамгийн агуу жүжгийн зохиолч, найруулагч байсан
Түүний жүжгүүд маш хурдан тархаж, Ассамчуудын соёлын үндэс болсон
Санкардевагийн алсын хараа нь зөвхөн хүн төрөлхтөнд хязгаарлагдахгүй
Энэ нь дэлхий дээрх бүх амьд амьтдын амьдралыг хамардаг
Санкардева бол Ассам үндэстний бурхан эцэг мөнх юм.

Ассамын алт

Хазаратын гэр Арабын нэгэн улсад байсан
Үнэртэй ус нь түүний оюун ухаан, шашинд маш их хайртай
Саудын Арабт төрсөн шинэ шашин, Хазарат нь бошиглогч байв
Шашин шүтээн шүтэхээс татгалзаж, зөвхөн нэг бурханд мөргөдөг байв
Зан үйлийн бус шинэ шашин маш хурдан алдартай болсон
Хажийн мөргөл нь жил бүрийн зан үйл болдог
Удалгүй бусад шашинтай хэрүүл маргаан эхэлсэн
Шашны үл тэвчих байдлаас болж дайн дэгдсэн
Дэлхийн хүмүүс шашны мөргөлдөөний улмаас маш их зовж шаналж байсан
Араб бус ертөнцийн хүмүүс зовлон зүдгүүрт Мухаммедыг буруутгаж байв
Санкардева бүх шашин хоорондын ахан дүүс, бүх нийтийн хайрыг номлосон
Исламын дагалдагчид ч түүний шавь болжээ
Ассамд шашны загалмайтны аян дайн, мөргөлдөөн болоогүй
Нийгэм хамтын эв найрамдалтайгаар урагшиллаа
Санкардева өөрийгөө Ассамын алт гэдгээ баталсан.

Санкардевагийн Бриндавани бастра (даавуу).

Санкардева шавь нартайгаа хамт дурсгалт даавуу нэхэж эхлэв
Энэхүү бүтээлийг бүтээхэд оролцсон бүх хүмүүс баяртай байв
Бурхан Кришнагийн түүхийг энэ ганц даавуунд дүрсэлсэн байдаг
Бриндавани бастрагийн гоо үзэсгэлэнг хараад дэлхий даяараа гайхширчээ
Энэхүү өвөрмөц даавуу нь Ассам нэхмэлийн болон нэхмэлийн үйлдвэрлэлийн титэм болжээ
Заримдаа Британичууд Ассамд ирж, захирагч болсон
Бриндавани бастраг Лондон руу аваачсан
Энэ нь Британийн музейд Санкардева, Ассамын нэхмэлчдийн алдар нэрээр гэрэлтсээр байна.

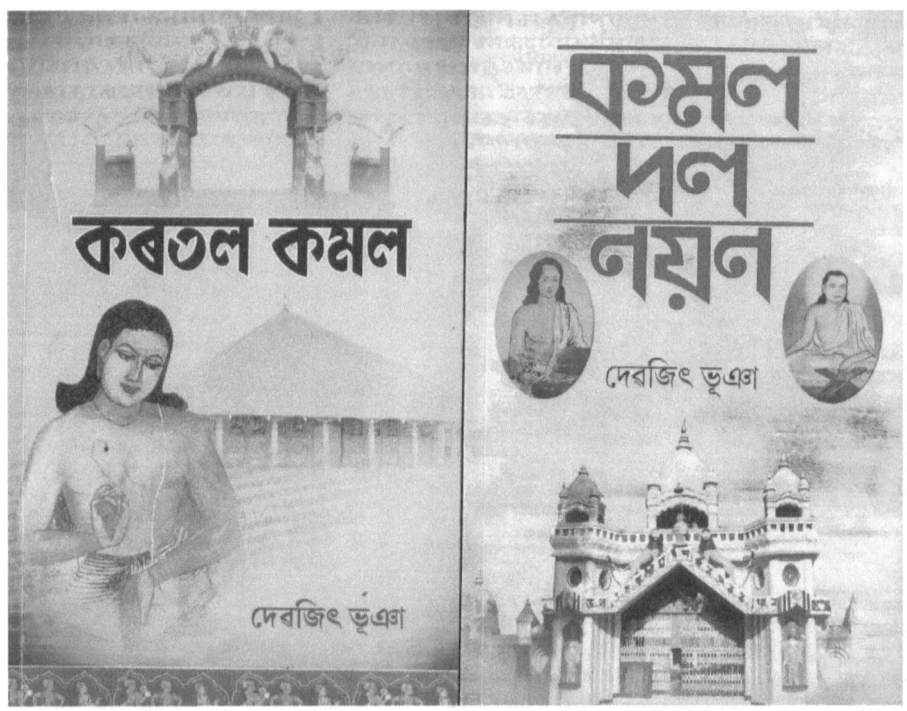

Зүрхний хаан

Ассамчуудын хувьд Санкардева зүрх сэтгэлийн шинэ хаан болжээ
Ассамын тэнгэрийн хаяанд тэр хурц нар шиг мандцаг
Түүний үг, сургаал нь салхины сэвшээ салхи шиг болжээ
Ассам түүний хувьд олны анхаарлыг татав
Түүний зохиолууд шинэчлэгдсэн Хиндуизмд зориулсан шашны текст болсон
Хүмүүс түүний дагалдагч, шавь байхаар сүрэглэн иржээ
Хинду шашны зан үйл нь энгийн хүмүүсийн хувьд энгийн болжээ
Каст, шашин шүтлэг, баян ядуугийн саад бэрхшээл эвдэрсэн
Хүмүүс түүнийг үсэг, сүнсээрээ дагаж байв
Тэрээр Ассам дахь маргаангүй зүрх сэтгэлийн хаан хэмээн өргөмжлөгдсөн.

Санкардевагийн явах

Санкардева төрснөөс хойш зуун хорин жил өнгөрчээ
Гэгээн Санкардева ертөнцөөс явах цаг ирлээ
Санкардева ямар ч хааныг шавь болгохгүй гэж шийджээ
Гэвч Ассамын хаан Наранараяна түүнийг баптисм хүртэхийг шаардав
Санкардева хаан илүү их дарамт үзүүлэхээс өмнө дэлхийн амьдралаа орхихоор шийджээ
Тэрээр шавь нартаа бүх эрдэнэсээ өгч тэнгэрийн орон руу явав
Түүнийг явахад Ассам, Бенгал бүхэлдээ цочирдов
Хүмүүс хэд хоног уйлж, нулимс нь бороо мэт асгарлаа
Санкардева шашны зохиолууд болон бусад зохиолуудаараа дамжуулан үхэшгүй мөнх болсон
Өнөөдрийг хүртэл түүний шүлэг, зохиолууд нь Ассам хэлний үндэс суурь, сонгодог бүтээл юм.

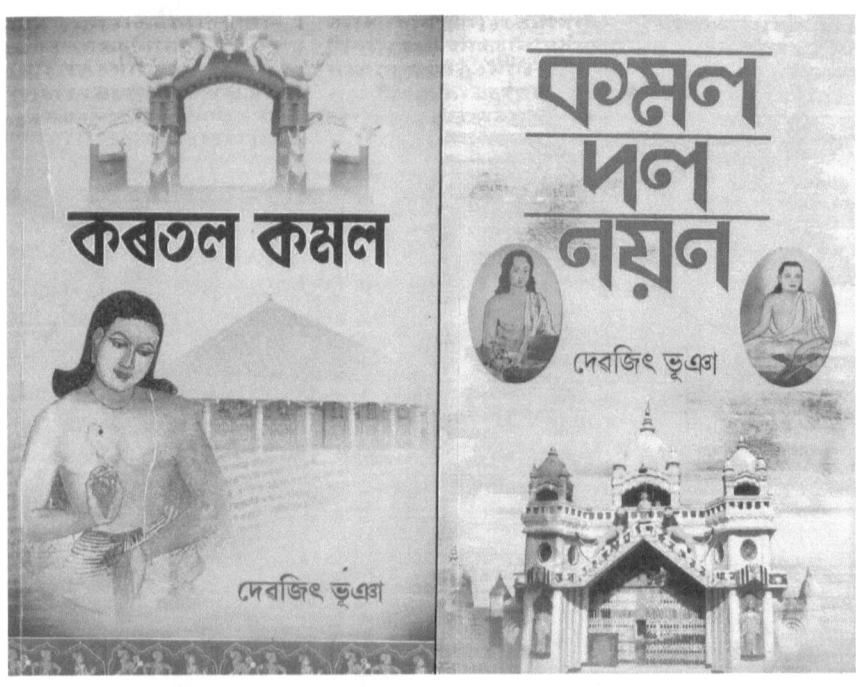

Шива бурханы хөл

Энэ ертөнц дэх жүжгийн төгсгөл Шива бурханаар дамждаг
Үхэл бол түүний толинд амьдралын тусгалын төгсгөл юм
Шива бурхан бол энэ орчлонгийн төгс бүжигчин юм
Түүний мөнхийн бүжгийн үрэлтээр одод, гариг алга болно
Түүний дуудлагаар галактикууд хүртэл үхэж, хар нүх болдог
Шива бурхан цэвэр сэтгэлээр залбирснаар амархан сэтэл хангалуун байж чадна
Амьдрал ба үхэл нь бүтээл ба сүйрлийн нэг хэсэг юм
Эзэн Рама, Кришна нар ч үхлээс зугтаж чадахгүй
Үхлийн бурхан Яма хаан хүртэл Шива бурханы элч юм.

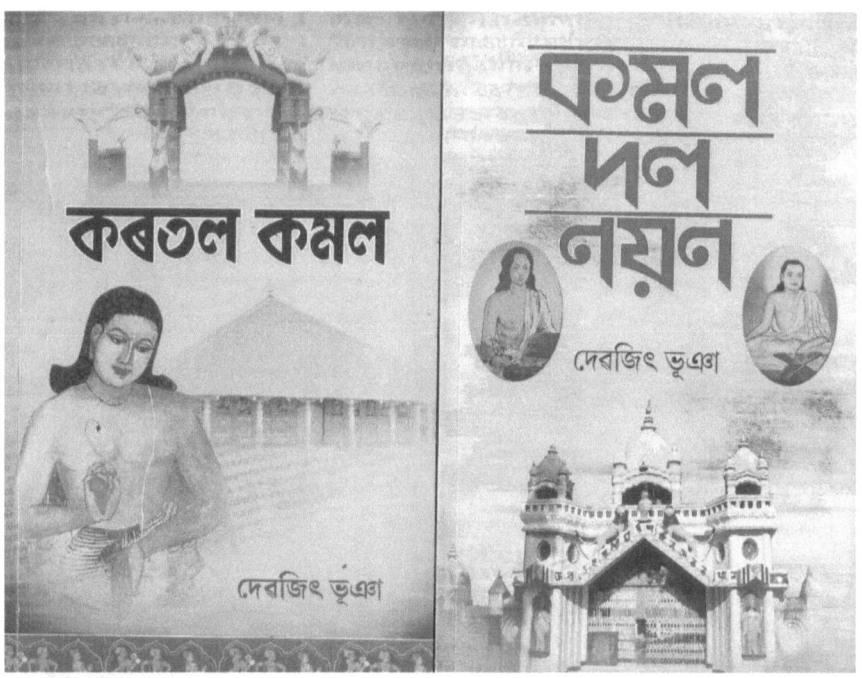

Мөнгөний атганд орсон шашин

Дэлхий одоо нүгэл, ариун бус үйлдлээр дүүрэн байна
Уулын орой, гүн далайн ч гэсэн үнэгүй биш
Энгийн нэгдмэл амьдралд хэн ч дургүй
Хүн бүр нүглийн далайд сэлж завгүй байдаг
Шашинууд мөнгөний гарт байдаг
Гэмт хэрэгтнүүд мөнгөний хүчээр шашны талбарт өдөртэй байдаг
Мөнгөний төлөө тахилч гэмт хэрэгтнүүдийг ариун шүршүүрээр магтдаг
Нэг л өдөр Бурханы дахин бие махбодтой болох болно
Дэлхий ертөнц үзэн ядалт, нүгэл, гэмт хэргээс ангид байх болно.

Залбирал

Оюун санааг цэвэрлэхийн тулд залбирал зайлшгүй шаардлагатай
Хүмүүсийн аалзны торыг арилгах нь маш чухал юм
Залбиралыг цэвэр сэтгэлээр хийх ёстой
Залбирлын үр дүнг зөвхөн бид олж чадна
Амьд амьтан бүрийн хувьд бид эелдэг байх ёстой
Шуналдаа бидний оюун ухаан утастай, харалган болдог
Зөвхөн залбирлаар л бид тайвширч чадна
Залбирал бол ганцаардлын чухал хэрэгсэл юм
Хүлээлттүйгээр залбирах нь хандлагыг өөрчилж чадна
Залбирлаар оюун ухаан цэвэр, эрүүл, хүчтэй болдог
Хэлнээс хатуу үг хэзээ ч гарах ёсгүй.

Мөнгө

Өнөө үед дэлхий дээр мөнгө бол хүний зорилго юм
Мөнгө ирэхээр сүнсэнд тэнгэрлэг мэдрэмжийг авчирдаг
Гэвч мөнгөнд хэт шунал нь сэтгэлийг донтож, хөдөлгөөнгүй болгодог
Мөнгө нь зөвхөн хэрэгцээг бүрэн хангахын тулд оршин тогтнох хэрэгсэл болох шаардлагатай
Гэхдээ мөнгөний хүсэл бол хэрэгцээ биш, зөвхөн шунал юм
Модонд мөнгө хэзээ ч ургадаггүй нь үнэн
Энэ ертөнцөд та үнэгүй мөнгө олох боломжгүй
Мөнгө олохын тулд шаргуу хөдөлмөрлөх нь цорын ганц түлхүүр юм
Таны ертөнц илүү их мөнгөтэй хэзээ ч диваажин болохгүй
Хэт их шунал нь зөгийн бал хүртэл гашуун болдог
Таны сүүлчийн замд мөнгө хэзээ ч хамтрагч болохгүй.

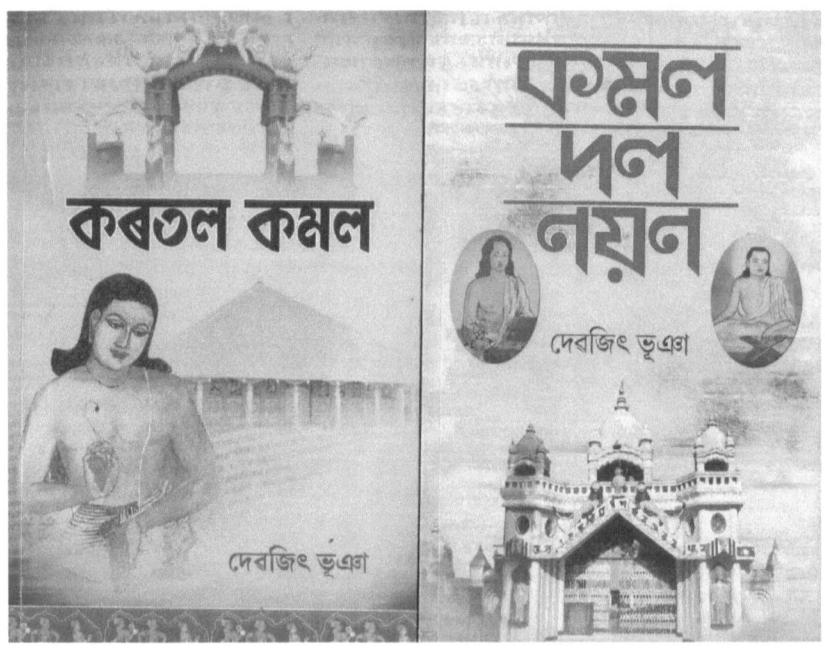

Ассам Рино

Хүн минь, ичиж зовохгүй бай
Гэмгүй хирсний эврийг бүү була
Ассам нь энэ ганц эвэртэй амьтдаараа алдартай
Тэдний оршин тогтнохын тулд агентлагуудтай хамтран ажилла
Тэднийг амьдрах орчинд нь хулгайгаар ан хийж алах хэрэггүй
Зэрлэг байгальд зочлох тэдэнд хайрын замыг бий болго
Тэд бол Ассамын алдар нэр, ганцаардсан хүүхэд юм
Хулгайн анчид хирсийг алах үед өвдөлтийг мэдэр
Тэд хулсны дэргэд тэнүүчилж байхдаа гоо сайхныг хараарай
Казиранга хөгшин залуу олон хүний амьжиргааг залгуулсан
Энэ амьтныг алт шигээ хамгаалах номлолд сайн дурын ажилтан болоорой.

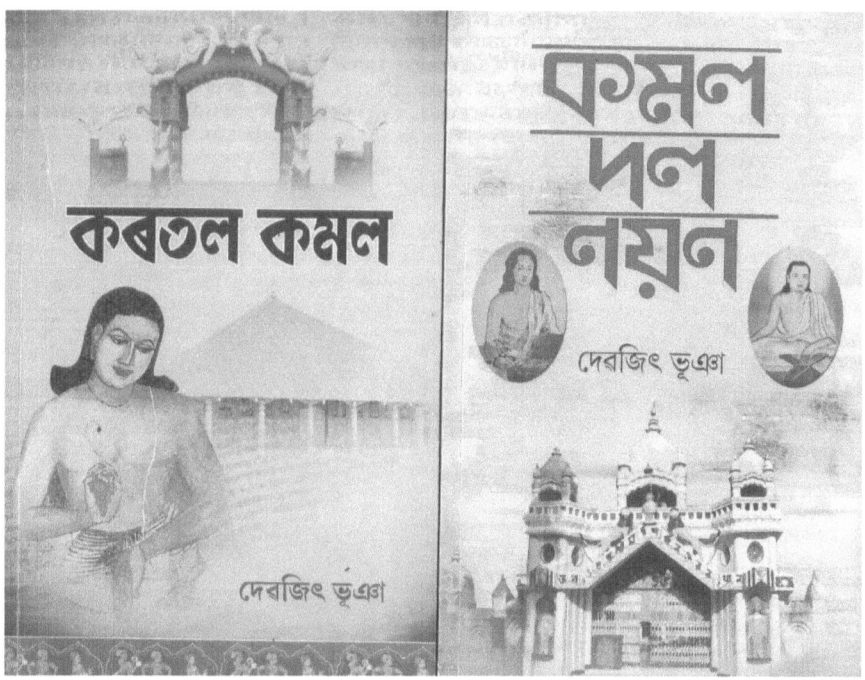

Хүн

Эр хүн! Та дэлхийн дахин дайн эхлүүлэхгүй
Хүн минь, та одоо үргэлжилж буй дайныг зогсоож, зогсоо
Хэрэв та дайныг үргэлжлүүлбэл дэлхий сүйрэх нь холгүй байна
Хүн төрөлхтөн, соёл иргэншлийн үндэс суурь ганхах болно
Таны барьсан зам, барилга, гүүр, бүх зүйл эвдэрнэ
Хэдэн цагийн дотор үзэсгэлэнтэй том хотууд сүйрэх болно
Ой мод, зэрлэг ан амьтдыг үндсээр нь устгана
Шувуудын аялгуутай хавар ирэхгүй
Гэрийн тэжээвэр амьтдын сүрэг байхгүй болно
Эр хүн! Та хүүхдүүддээ дайсагналыг зогсоохыг амлаж байна
Дайныг зогсоохын тулд албан ёсны тохиролцоо биш харин хайр, ахан дүүсийн холбоо хэрэгтэй.

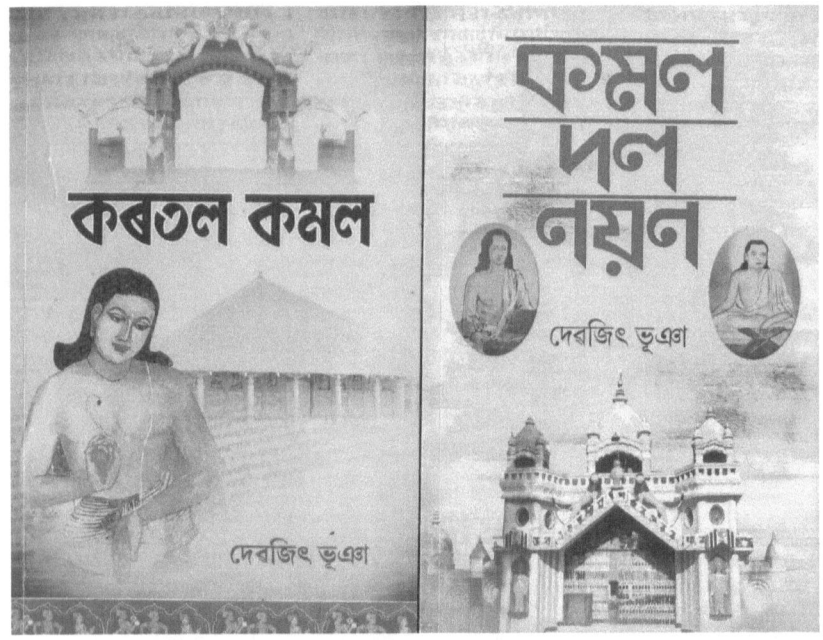

Хөндий өөдрөг

Өндөр уулаид, хөлдсөн байшингууд
Гар нь мөс болж, хөдөлгөөн хийж чадахгүй
Халуун шөл уусан ч тус болохгүй
Ноосон хувцас нь биеийг дулаацуулж чадахгүй
Архи нь халуун биш ч гэсэн биеийг ая тухтай байлгадаг
Биеийг дулаацуулахын тулд нааш цааш гүйлгэх хэрэгтэй
Хэдэн өдрийн турш хүнсний бүтээгдэхүүн, та цүнхээ авч явах ёстой
Сарын дараа мөс хайлах болно
Ус хөндийгөөр урсах болно
Хөндий шинэ ургамлаар дахин өөдрөг байх болно
Хөндий шувууд, ан амьтад хавар сайхан болно
Хөндийд ногоон өнгө, шинэ мод авчрах болно.

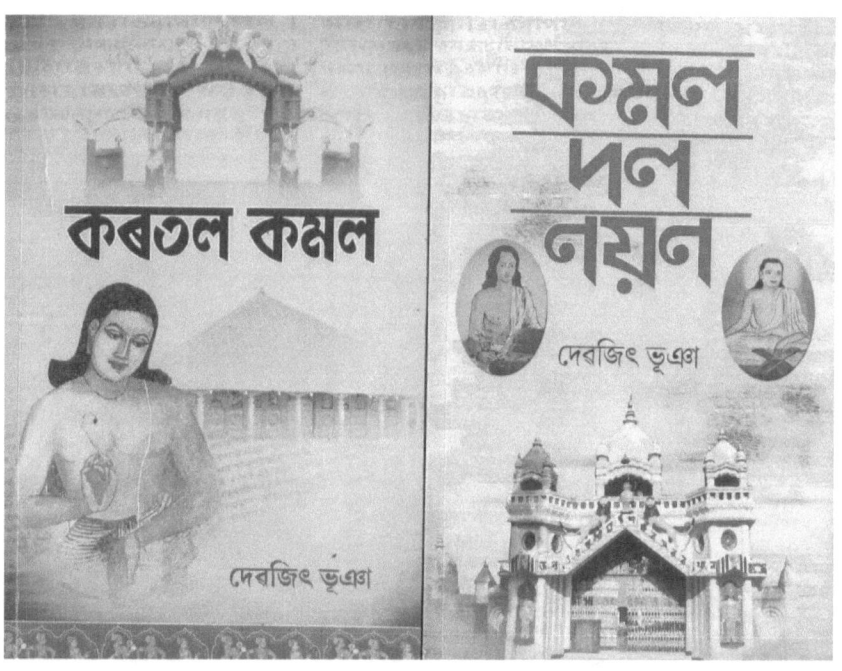

Цэцэглэж буй Ассам

Дэлхийн бусад орны нэгэн адил Ассам мужид хавар их сайхан байдаг
Олон нийтийн баяр наадмын өдрүүд аажмаар өрнөж байна
Уяачид баяр наадамдаа баяртай, идэвхтэй байна
Нэхмэлийн шаттлуудын дуу чимээ нь шинэ хэмжээстэй сонсогддог
Цөөрөмд бадамлянхуа цэцэглэж, сэвшээ салхинд бүжиглэнэ
Хирс зөөлөн өвс идэхээр гүн ойгоос гарч ирэв
Тэднийг жуулчид задгай жийп хөлөглөн инээлдэж, хөгжилтэй зочилдог
Заримдаа хирс машинаа хөөж гүйдэг
Зарим танихгүй хүмүүс гурвын дор шар айрагны шил онгойлгоно
Цаг агаар, уур амьсгал нь тунгалаг, зөөлөн, чөлөөтэй
Ассам нь цэцэг, бүжиг, нисдэг зөгийөөр цэцэглэдэг.

Согтууруулах ундаа хэрэглэхээс зайлсхий

Ассам шиг халуун орны хувьд архи тийм ч сайн биш
Халуун чийглэг уур амьсгал нь уухад тохиромжгүй
Архины цайны цэцэрлэгийн нийгэмлэгүүд живдэг байсан
Архинаас зайлсхийхийн тулд Ассамчууд бодох хэрэгтэй
Имп ба тариачны түүхийг санаарай
Согтууруулах ундааны хувьд гэр бүл салалт нь хамааралтай
Хэдийгээр Ассамд бадамлянхуа нам засгийн эрхэнд гарсан
Тэд мөн архины шүршүүрийг нэмэгдүүлсэн
Ёс зүйгүй гишгүүрчид өсвөр насныханд архи зарж байна
Эцэг эхчүүдэд зовлон зүдгүүр, хурцадмал байдал, энэ нь одоо өдөр авчирдаг
Ассам шиг ядуу мужийн хувьд архины өсөлт тийм ч сайн биш
Орлого олохын тулд архи согтууруулах ундааг өөгшүүлэх нь бүдүүлэг үйлдэл юм.

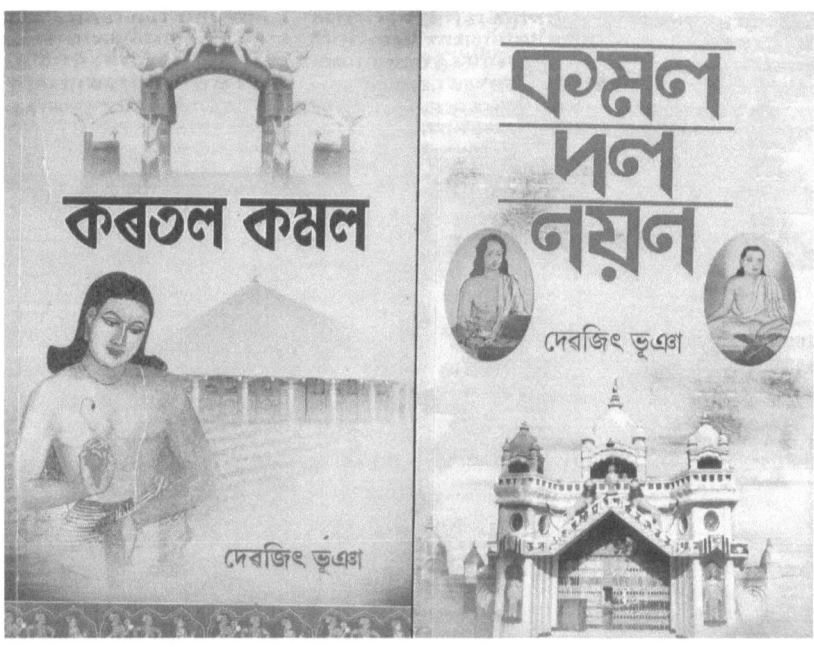

Дайн

Дайн бол хошигнол, хошигнол биш
Үхэшгүй нэгэн ч дайнд үхдэг
Дайн нь байшин, хөдөө аж ахуй, амьжиргааг сүйтгэдэг
Тэнгэр хөөрөх нь бүх хүнсний бүтээгдэхүүний үнэ болж хувирдаг
Амьтад, модны хувьд ч дайн сайн биш
Хүүхдүүд уйлж, айж, ээжийнхээ үхлийг хардаг
Тэдний залбирлыг Бурхан Эцэг ч сонсоогүй
Мөн хувиа хичээсэн, эх оронч гэгддэг дэлхийн удирдагч
Дайн бол соёл иргэншлийн алдаа гэдэгтэй хүн төрөлхтөн хэзээ ч санал нийлдэггүй
Өвдөлт, зовлон зүдгүүр нь мөргөлдөөний эцсийн үр дүн юм
Эрхэм удирдагчид аа, та дайн эхлүүлэхийг хэзээ ч зөвшөөрөх ёсгүй
Чиний харгислал, хэзээ нэгэн цагт түүх буруутгах болно
Дэлхий ертөнцийг амар амгалан болгохын тулд тархи, зөн совингоо ашигла.

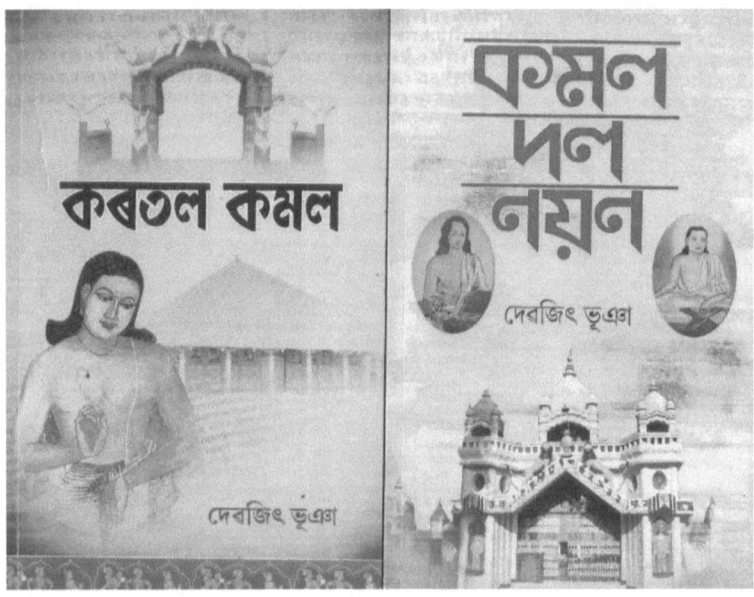

Сайн ажил

Сайн ажлын үр дүн сайн
Муу ажлын үр дагавар бол зовлон юм
Сайн ажил хийж байхад Бурхан дагалддаг
Шударга бус ажлын үр дүнд та ганцаараа зовох ёстой
Таталцал нь модноос жимс жимсгэнэ татдаг
Үүний нэгэн адил сайн ажил нь Бурханы ерөөлийг татдаг
Удахгүй та харах болно, таны ажил гэрэлтэж байна.

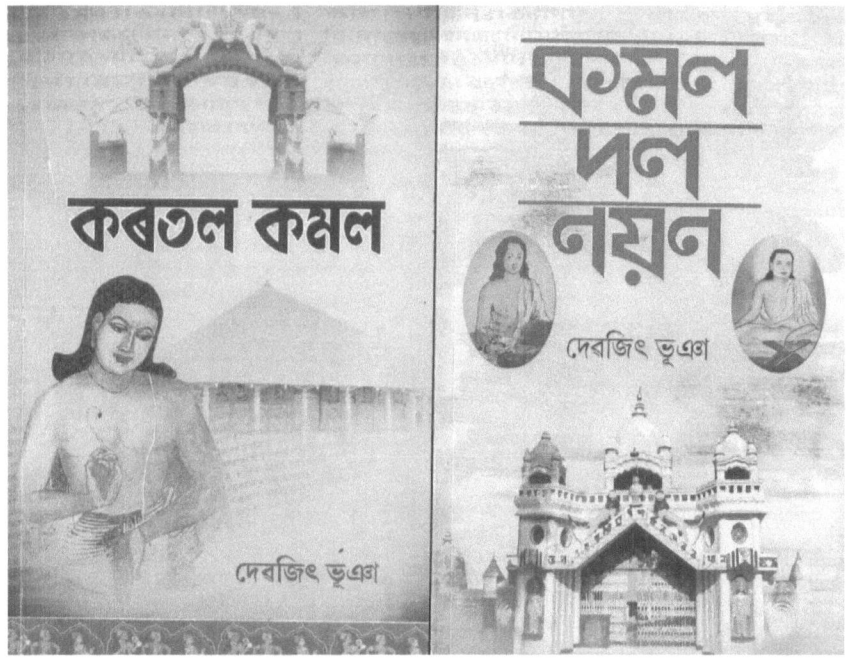

Хэн ч үхэшгүй мөнх биш

Энэ хорвоод үхэшгүй хүн гэж байдаггүй
Бид хором бүр үхэл рүү тэмүүлдэг
Шударга байдлын замд унахаас айхгүй
Бурханы хайраар бид энэ замыг амархан туулдаг
Мөнгө, эд баялгийн төлөө бүү галзуур
Мөнгө хэзээ ч үхэшгүй байдлыг худалдаж авч чадахгүй
Зоригтой байхын тулд оюун ухаанаа хүчирхэгжүүлж, үхлээс айхгүй байх
Амьд байхдаа өгөөмөр, эелдэг, шударга бай
Явах үед та харамсахгүй.

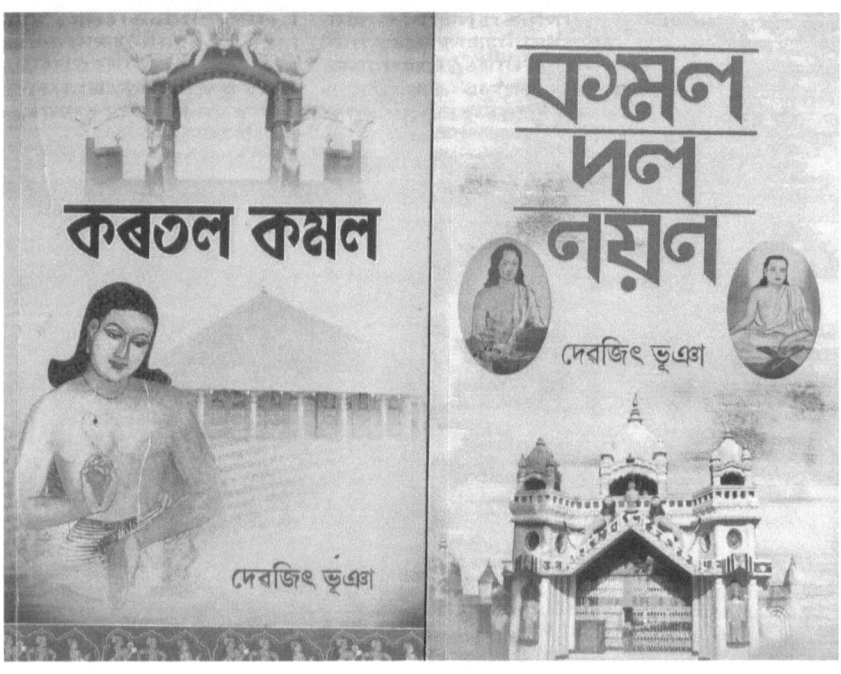

Өнгөний баяр (Холи)

Холи, өнгөт баяр
Холигийн хайр ба энэрэлийг сайхан өнгөрүүлээрэй
Өнгөний долгион, улаан, шар, цэнхэр, ногоон урсгал
Өнгөний тусламжтайгаар хүний бүх бие гэрэлтдэг
Хот, тосгон, тосгон хаа сайгүй адилхан сүнс
Өнгөний агуу байдлыг эдлэх нь зөн совин юм
Өнгөний баяраар хүн бүр өвдөлтийг мартаж өдрийг сайхан өнгөрүүлдэг
Долоон өнгө бол амьдралын сүнс, Холи галт тэрэгний сэдэв юм.

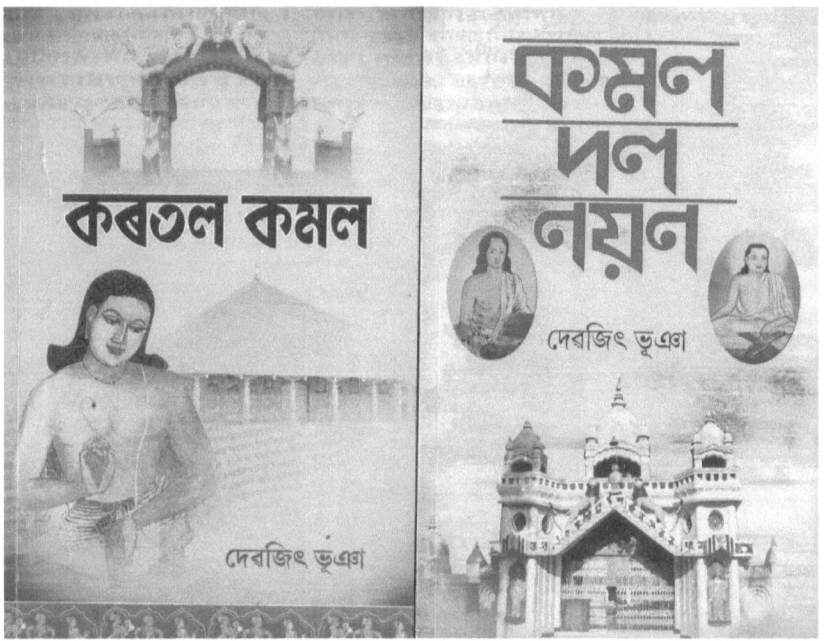

Читал

Читал, чи ширэнгэн ойд аз жаргалтай бэлчиж байна
Гэхдээ хүн төрөлхтний талаар ухамсартай бай
Тэд чиний маханд шунаж байна
Сумны хурдыг та дийлэхгүй
Чи Ринотой хамт тэнүүчилж явсан нь дээр
Зааны дэргэд амарч байгаарай
Та Энэтхэгийн сайхан хүзүүний зүүлт юм
Таны арьс, мах бол таны дайсан мэдээллийн хэрэгсэл юм
Ой мод багасч байгаа тул амьд үлдэх аялал хэцүү байх болно.

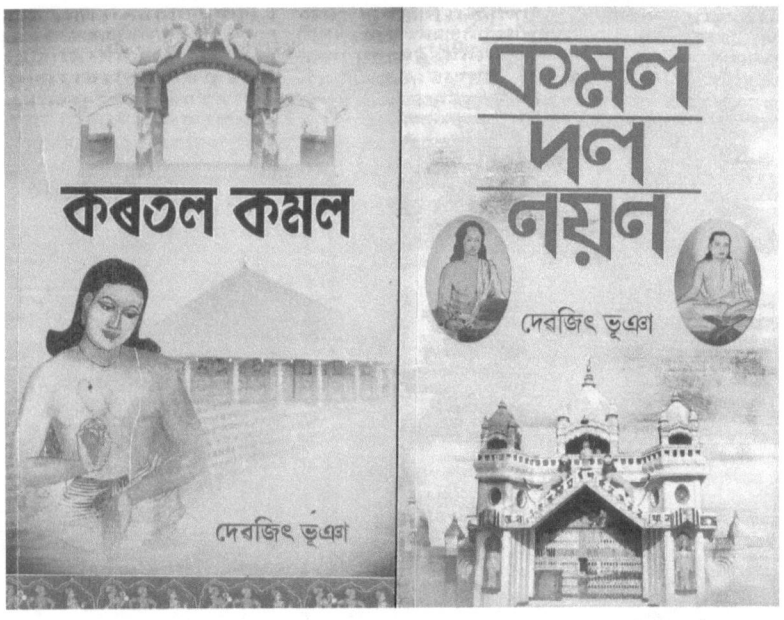

Баяр наадмын улирал

Миний өвдөлтийн үед чи намайг хэзээ ч тоодоггүй
Мөнгөний ашгийг мэдсээр байж над руу яарав
Халуун зун ч гэсэн одоо гүйхээс буцахгүй
Мөнгө бол урам зориг өгөх зугаа цэнгэл юм
Наадмын үеэр та хүсэл мөрөөдлөө биелүүлэх цаг байсангүй
Харин та өөрийнхөө баяр баясгалангийн төлөө ууланд авирсан
Гэхдээ найзынхаа талаар асуух цаг алга
Одоо чи сайхан үг хэлж байна, би яаж итгэх билээ
Таны үг бүр зөвхөн санхүүгийн шалтгаан, хүсэл тачаалын төлөө байдаг.

Нас

Нас ахих тусам хүмүүс хөдөлгөөнгүй болдог
Хөдөлгөөн, тэр ч байтугай дээшээ гарах дургүй
Гэсэн хэдий ч хүмүүс үхлээс айдаг
Дуусаагүй хүсэл, ажил, хүсэл
Үхлийн айдсыг илүү айдас болго
Үхэл ч чамайг ч, намайг ч өршөөхгүй
Тэгвэл яагаад үхлээс айж, тэр мөчийг сайхан өнгөрүүлээрэй
Сүнслэг байдал, бүхнийг чадагчаас атталз
Үхлийн тухай бодож байхдаа үүнийг хөнгөнөөр хүлээж ав.

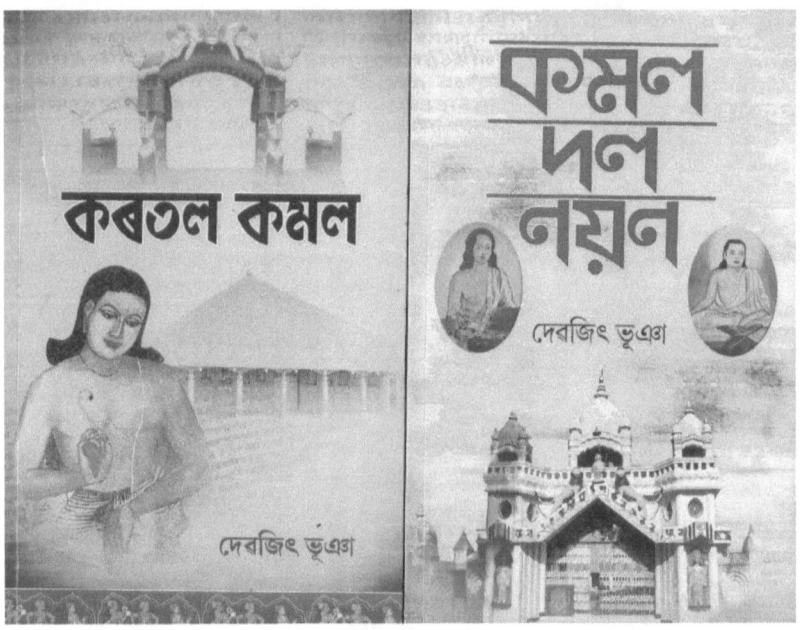

Ээжийгээ хайрла

Ээжийгээ хайрла, ээжийгээ халамжил
Түүний өвчинд хайр нь эмээс илүү байдаг
Өвчинг эмчлэхэд дан эм хангалтгүй
Хайраар халамжлах нь эдгээх ид шидтэй
Хүүхэд насныхаа өдрүүдийг санаарай
Ээжийн алганд хүрэхэд сайхан мэдрэмж төрөх үед
Одоо хөгшрөхөд тэр чиний хүрэлтээр тайван байх болно
Таны энхрийлсэн хүрэлцэхээс илүү сайн бальзам гэж байхгүй.

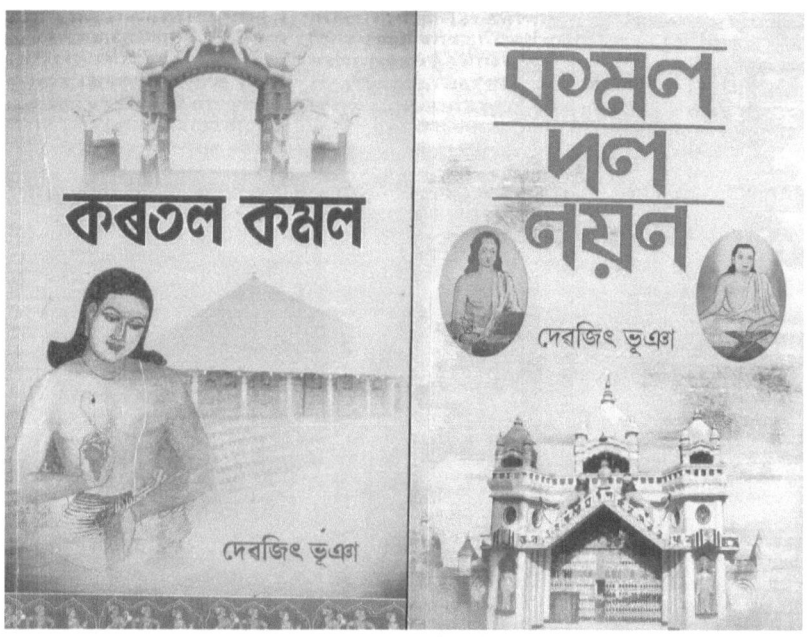

Дөрөвдүгээр сар

Дөрөвдүгээр сар бол Ассам дахь дөрөвдүгээр сарын тэнэг сар биш
Дөрөвдүгээр сард Ассам хүн бүрийн оюун ухаан хөвж байна
Хүйтэн өвлийн дараа улирал өөрчлөгдөв
Шинэ ногоон навчис бүжиглэж буй моднууд
Мөн хөхөө манго модон дээр тасралтгүй дуулж байна
Нэхэгчид шинэ алчуур нэхэх завгүй (гамоса)
Ронгали Биху баяр, баяр баясгалангийн баяр хаалгыг тогшиж байна
Хөгшин залуугүй бүгд Биху бүжгээр хичээллээд завгүй байна
Биху бол Брахмапутрагийн эрэг дээрх Ассамчуудын сүнс юм
Казирангын хирс хүртэл шинээр ургасан өвсийг хараад баярладаг
Дөрөвдүгээр сар бол хуанлийн зөвхөн нэг сар биш
Дөрөвдүгээр сар (Бохаг) Ассамыг ногоон болгож, Ассамчуудын зүрх сэтгэлийг гэрэлтүүлдэг.

Дасаратха (Рамаяна түүх)

Дасаратха хааны суманд сохор мэргэний хүү нас барав
Мэргэдний хараалаас болж үр хүүхэдгүй Дасарата үртэй болжээ
Рама Лакшмана, Бхарата, Страун нартай төрсөн
Түүнчлэн Рамагийн эхнэр Сита Балбын ойролцоох хаант улсад төрсөн
Рама эцгийнхээ амлалтыг биелүүлэхийн тулд арван дөрвөн жилийн турш цөллөгт явав
Лакшмана, Сита нар мөн Рамаг цөллөгдөж байх хугацаандаа түүнийг дагалдан явж байжээ
Учир нь Рамаг ширэнгэн ой руу илгээсэн сэтгэл санааны цочролд орсон
Дасаратха хаан ширээгээ Бхаратад захирахаар орхин нас баржээ
Ситаг ширэнгэн ойд чөттөрийн хаан Равана хулгайлжээ
Рама Ханумана болон бусад сармагчингуудын тусламжтайгаар Ланкад хүрч ирэв
Сита аврагдаж, Равана алагдаж, бүгд Аюда руу буцаж ирэв
Рама тэгш байдал, шударга ёс, хууль дээдлэх ёс бүхий хамгийн тохиромжтой хаант улсыг байгуулсан.

Бхарата

Лакшмана Раматай хамт ширэнгэн ой руу явав
Бхарата хаант улсад үлджээ
Тэрээр хаант улсыг удирдаж, Рамагийн хорлон сүйттэх ажиллагааг Сингхасан (сандал) дээр барьжээ.
Ид шидийн читал Лакшманаг хуурав
Сита тэдний ширэнгэн ойн овоохойноос хулгайлагдсан
Рама, Равана хоёрын хооронд томоохон дайн болов
Лакшаман чөттөрийн хааныг ялахад гол үүрэг гүйцэтгэсэн
Сита аврагдсан бөгөөд бүгд гэртээ баяртайгаар буцаж ирэв
Бхаратагийн зовлон шаналал Рама буцаж ирснээр дуусав.

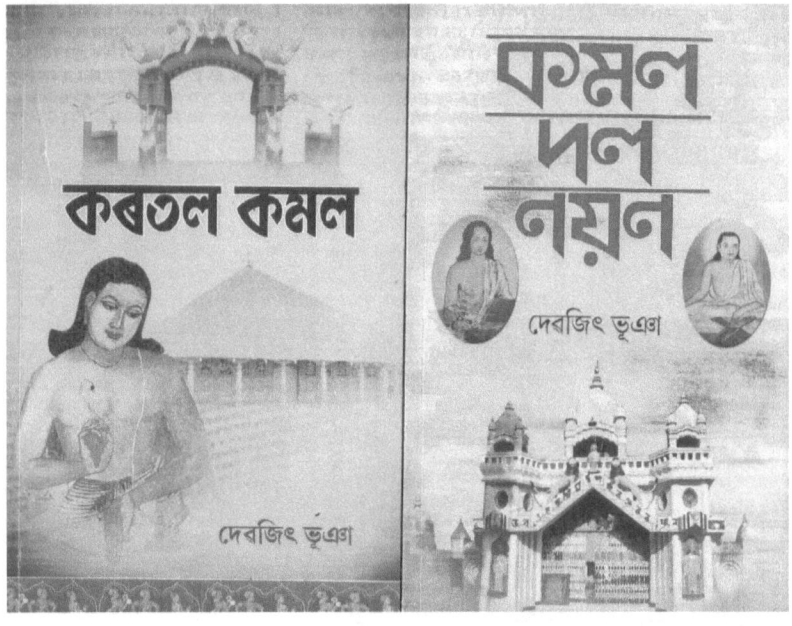

Лакшмана

Мэргэдүүд "Лакшманаг Раванагаас бүү ай" гэж зөвлөсөн.
Салхины хүү Хануман чамтай сүүдэр мэт хамт байна
Хэдийгээр Равана бол Шива бурханы чин бишрэлтэн юм
Түүний эго, бардам зан нь түүнийг ялагдахад хүргэнэ
Дайны хувьд цаг хугацаа маш чухал бөгөөд дайсан руу хамгийн сайн зэвсгээр довтлох болно
Эхний ээлжинд хамгийн сайн зэвсгээ ашигла
Үнэн, шударга ёсны зам үргэлж мууг ялан дийлдэг.

Лаба (Рамагийн хүү)

Лаба бол Дасаратха хааны ач хүү байв
Залуу, эрч хүчтэй, үзэсгэлэнтэй
Риши ба мэргэдийн ашрамыг хамгаалагч
Лабагийн алдар нэр тив даяар тархсан
Рама түүнийг чуулгандаа дууджээ
Түүний ах Куша бас түүнийг дагалдан явсан
Тэднээс Рамаянагийн түүхийг сонсоод Рама гайхав
Ихэр ах дүүс нь түүний төрсөн хүү гэдгийг Рама хүлээн зөвшөөрсөн.

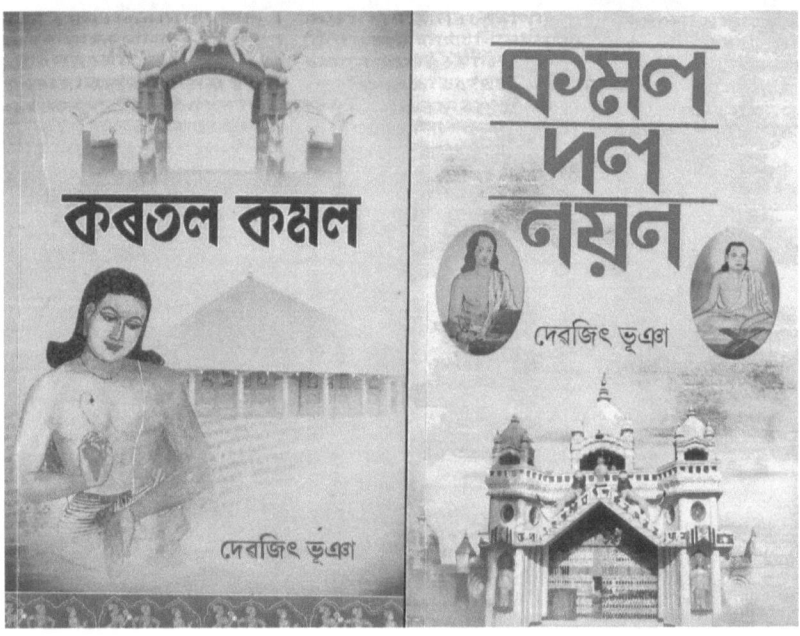

Бурханыг хайж байна

Том том сүмүүдэд одоо ч гэсэн амьтдыг тахил өргөдөг
Одос үхрийн цус, ямаа гол мэт урсдаг
Бурханд таалагдахын тулд хүмүүс Бурханы хүүхдүүдийг хөнөөдөг
Гэм буруугүй хүмүүсийн цусыг харахад ямар ч бурхан таалагдахгүй
Бүх амьд амьтдын хайр халамжийг хараад Бурхан баяртай байх болно
Хүн минь ээ, ариун сэтгэлээр Бурханд залбир
Хэрэв та гэмгүй амьтдыг золиослох юм бол Бурхан таны залбирлыг хүлээж авахгүй
Тэр чиний залбирсан зүйлд хэзээ ч цусаар хариулахгүй
Бурхан үргэлж нигүүлсэнгүй бөгөөд хэзээ ч хэнийг ч алдаггүй
Хэрэв та өөрийн эрх ашгийн төлөө гэмгүй хүмүүсийг золиослох юм бол нүглийг цуглуулах болно.

Шударга замын сүйх тэрэг

Энэ бол бидний Ассам, хайрт Ассам
Маш эрхэм, бидний зүрх сэтгэлд ойрхон
Ассам бол сайн соёл, өгөөмөр сэтгэлтэй нутаг юм
Эмэгтэй хүн худалдаалах ёс суртахуунгүй хэрэг байхгүй
Олон овог аймагт ч гэсэн эмэгтэй хүн гэр бүлээ захирдаг
Мөнгөний шуналаар хэн ч биеэ үнэлдэггүй
Инж, сүйт бүсгүй шатаах нь Ассамчуудын амьдралын нэг хэсэг биш юм
Эмэгтэй хүн, хайртай эхнэр бүрт тэгш эрхтэй
Шударга бус замд их хэмжээний мөнгө орж ирж магадгүй
Гэвч Ассамын энгийн хүн энгийн амьдралыг илүүд үздэг байв
Бүсгүйчүүд хагасыг нь зодож, салдаг нь маш ховор байдаг.

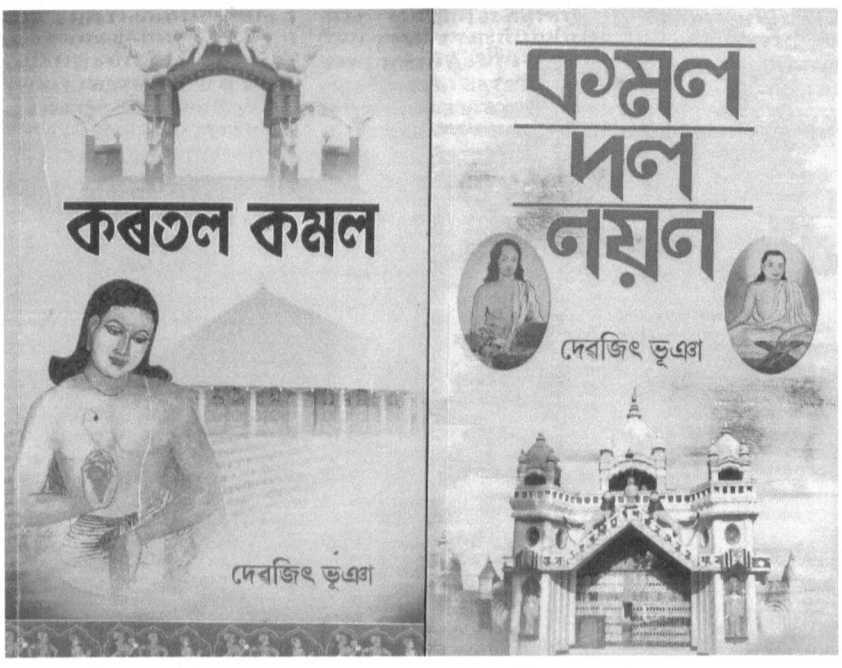

Сэтгэлдээ анхаарал тавь

Бид бие махбоддоо үргэлж анхаарал тавьдаг
Гэхдээ оюун ухаандаа анхаарал тавих нь ховор
Оюун санааны халамж нь мөн адил чухал юм
Арчилгаагүйн улмаас яагаад үүнийг үл тоомсорлодог вэ?
Эрүүл амьдралын төлөө энэ нь шударга бус юм
Эрүүл биед эрүүл оюун ухаан илүү сайхан амьдралыг өгдөг
Хүн амьдралын нарийн төвөгтэй уралдаанд амархан ялж чадна
Өвчтэй сэтгэлээр сайн зүйлд хүрч чадахгүй
Оюун санаагаа арчлахын тулд зам олоход хялбар байдаг
Үргэлж инээмсэглэж, хүн бүрт ээлдэг байгаарай
Шударга, үнэнч шударга замыг дага
Үнэн, ахан дүүс нь танд амар амгаланг өгөх болно.

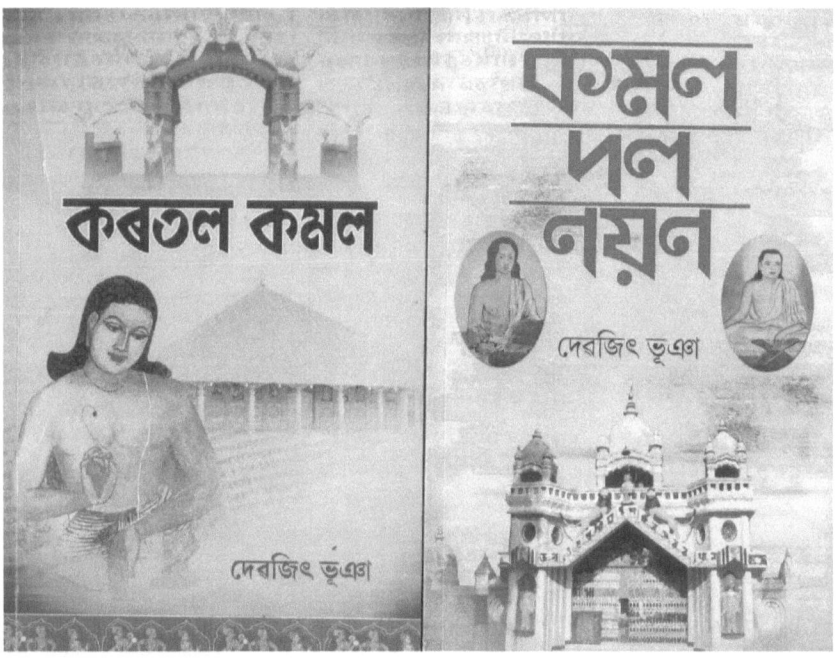

Цаг битгий үрээрэй

Цаг хугацаа статик биш
Цаг хугацаа ч динамик биш
Өнгөрсөн, одоо, ирээдүй
Цаг хугацааны хүрээнд бүгд адилхан
Бид цаг хугацаа тасралтгүй урсаж байгаа юм шиг санагддаг
Далай руу урсах усны урсгал шиг
Бидний ойлголт, цаг хугацаа сум шиг хөдөлдөг
Гэхдээ нэг удаа нумыг орхисон бол хэзээ ч буцаж болохгүй
Гэсэн хэдий ч бид маргааш илүү сайн байх болно гэж найдаж байна
Үүлэрхэг өдөр цаг хэзээ ч зогсдоггүй
Нартай өглөө ч удаашрахгүй
Жилээс жилд ердийнхөөрөө үргэлжилдэг
Ялгаварлан гадуурхах, бусдад давуу тал олгохгүй
Ядуу, баян, сул дорой, хүчирхэг хүмүүсийн хувьд цаг хугацаа адилхан
Тиймээс таны бүтэлгүйтэлд цаг хугацаа буруугүй
Амьдралын хамгийн үнэ цэнэтэй, гэхдээ үнэ төлбөргүй баялаг бол цаг хугацаа юм
Үнэгүй гэж бүү дэмий, ашигла, амьдрал сайхан болно.

Сэтгэлийн өвдөлт

Сэттэцийн өвдөлтийн үед найз нөхөддөө анхаарал тавь
Хайр ба тайтгарал, сэтгэлийн хүч чадал, тэд олж авах болно
Ганцаардал нь оюун ухааныг сул дорой, эмзэг болгодог
Зарим шийдвэр буруу, дайсагнасан байж магадгүй
Нөхөрлөлийн тусламжтайгаар оюун ухаан аз жаргалтай, хөгжилтэй болдог
Хүмүүс түр зуурын ихэнх бэрхшээлийг даван туулж чадна
Сэттэцийн өвдөлт нь хүмүүсийг амиа хорлоход хүргэдэг
Муу зүйл хийхэд сул дорой оюун ухаан үргэлж өдөөдөг
Сэттэцийн хувьд суларсан найз нөхөддөө дагалдан яваарай
Найз нь урам зоригтой үгсээр хэвийн байдалдаа эргэн орох болно.

Биейн арчилгаа

Алх, алх, алх
Фитнессээ хадгалахын тулд хурдан гүйх шаардлагагүй
Алхах нь биеийн тамирын хамгийн сайн хэрэгсэл юм
Өглөөний алхалт нь нойрмог байдлыг гадагшлуулна
Бие нь хүчтэй, туранхай болно
Цусны эргэлт сайжирна
Оюун санаа өдрийн турш илүү хөгжилтэй байх болно
Явган явахад цаг хугацаа, газар гэсэн саад байхгүй
Мөн явган аялалд амархан оролцох боломжтой
Шинэ найзууд явган хүний зам дээр холбогдох болно
Зарим нөхөрлөл маш сайн байх бөгөөд хэзээ ч эргэж харахгүй
Явган алхах нь бие, сэтгэл, сэтгэлд тустай
Эрүүл бие, оюун ухаантай бол та амьдралын зорилгодоо хүрч чадна.

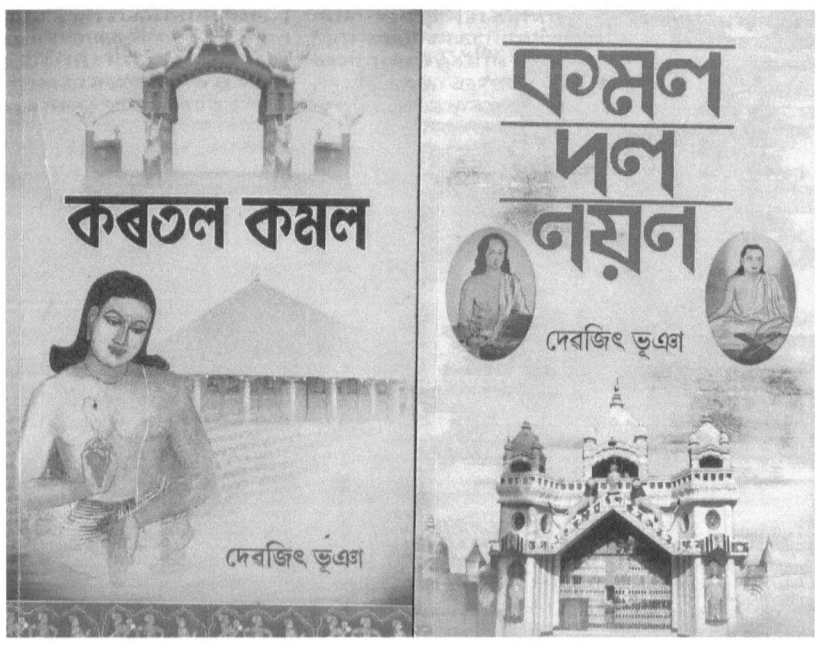

Хүүхдийн алхалт

Тэр унаж, босдог
Гэхдээ тэр алхах хүртлээ хэзээ ч бууж өгсөнгүй
Нэг өдөр тэр хөгжилтэй гүйж эхэлдэг
Амьдралын урт аялал эхэлдэг
Ганц хоёр удаа уначихаад босохгүй бол
Амьдралдаа хэзээ ч уралдаанд оролцох чадвартай байх болно
Унахгүйгээр хэн ч босож, хөдөлж сурахгүй
Хүүхэд насны энэ бяцхан сургаал бидний амьдралыг сайхан болгодог.

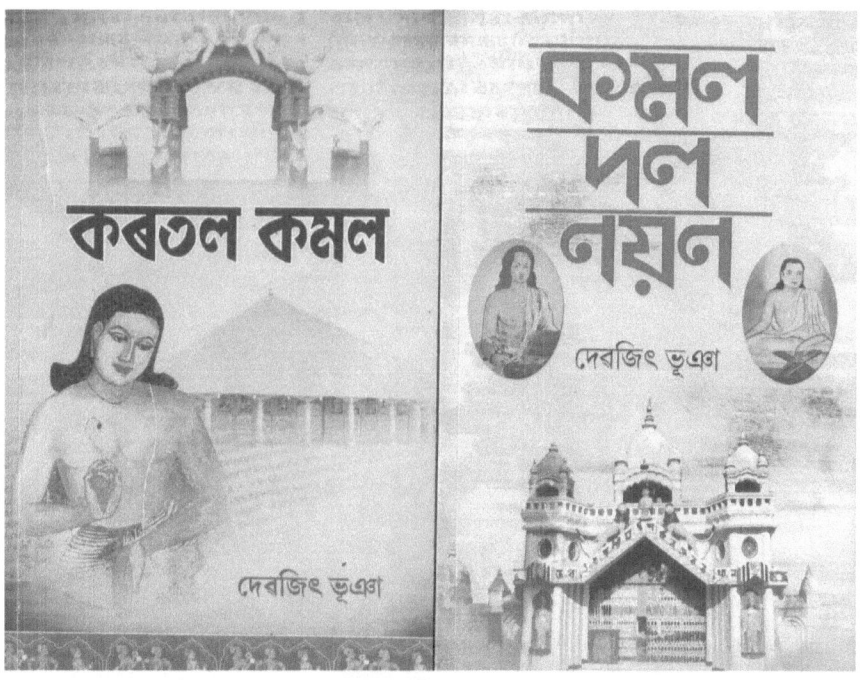

Мадангийн хошигнол

Мадан хошигнолоо хэлээч
Акон инээж эхэлнэ
Уттагүй хошигнол бүү ярь
Таны онигоонд инээмсэглэл унах ёстой
Бяцхан борооны дуслууд зөөлөн тогших ёстой
Гэхдээ хэрүүл хийх гэж хэзээ ч цуурхал бүү гарга
Хошигнол нь гэр бүлийн харилцааг сүйттэх ёсгүй
Хошигнол нь инээмсэглэл, инээдэнд зориулагдсан байдаг
Уйлж, нөхцөл байдлыг ширүүн болгохын тулд биш.

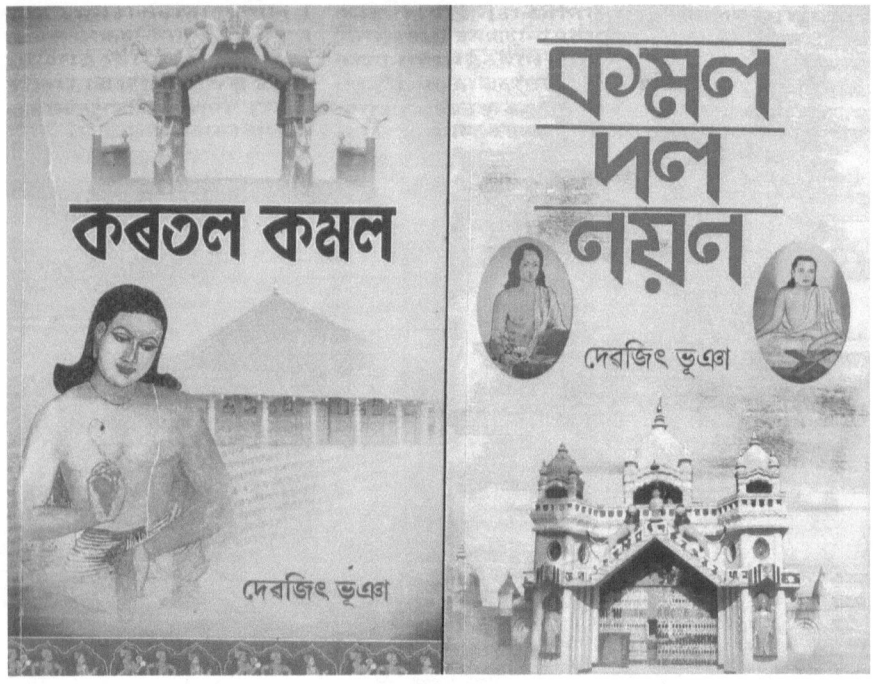

Гайхамшигт нохой Коко

Коко, чи бол бидний хайртай тэжээвэр амьтан
Гал тогоо бол таны хайртай газар
Хэрэв хоол хүнс хойшлогдвол та хуцаж эхэлдэг
Гэдэс дүүрсэн үед та гүйх дуртай
Чи муу хүмүүст их дургүй
Таны хувьд гэр бол Бурханы сүм юм
Хайртай хүмүүстэйгээ та хэзээ ч залилан хийдэггүй
Таны оршихуй хүн бүрийг аз жаргалтай, хөөстэй болгодог
Гэр бүлийн уур хилэн, гунигтай царай алга болж эхэлдэг
Нохой бол хүний хамгийн сайн найз гэдгийг хэн ч үгүйсгэхгүй
Таны байхгүйгээс үүссэн хоосон орон зайг юу ч дүүргэж чадахгүй.

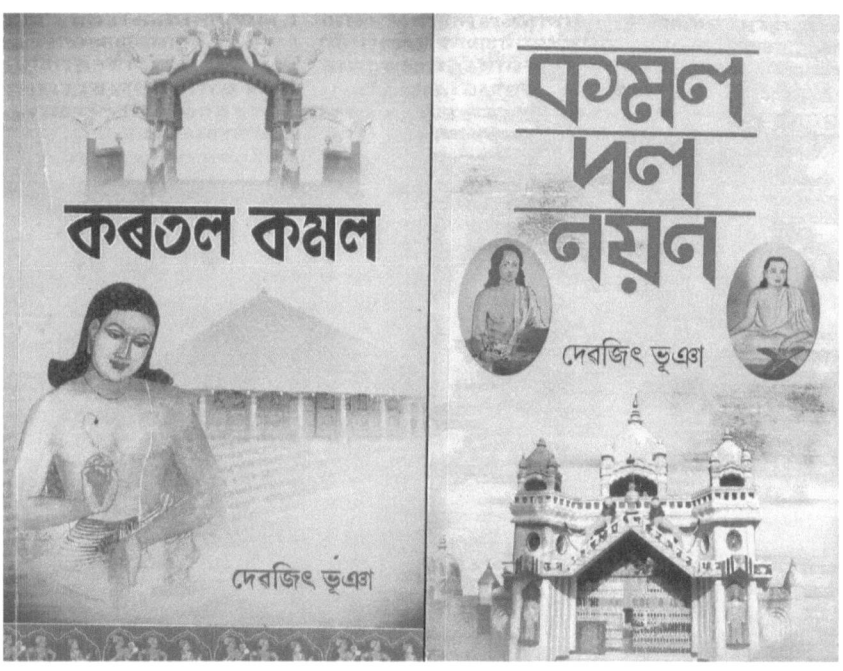

Салхи

Ассам мужид 2-р сард салхи хурдан болдог
Байшин, гудамж бүр тоос шороо, хуурай навчаар дүүрдэг
Өвөл өнгөрч, цаг агаар хуурай болжээ
Лилийн шувууд, салхитай унасан навчис нисдэг байсан
Салхи хурдаа нэмбэл том мод хүртэл унадаг
Хуурай навчтай Ассамын талбай хүрэн өнгөтэй харагдаж байна.

Байгалийн ургамал

Ургамлууд нь хүний биеийн дархлааг сайжруулдаг
Тэд өвчинтэй тэмцэх, эрүүл амьдрахад сайнаар нөлөөлдөг
Гэхдээ тэд бүх өвчнийг анагааж чадна гэдэгт хэзээ ч бүү иттэ
Ургамлууд нь вирус, бактерийн эсрэг эм биш юм
Зөвхөн антибиотик уушигны хатталгааг эмчлэх чадвартай
Гэсэн хэдий ч ургамал идэх нь вирусын эсрэг тэмцэхэд тусалдаг
Ургамлыг зөвхөн эрүүл мэндийн нэмэлт тэжээл болгон аваарай
Өвчинтэй тэмцэх, эрүүл байх нь баялаг юм.

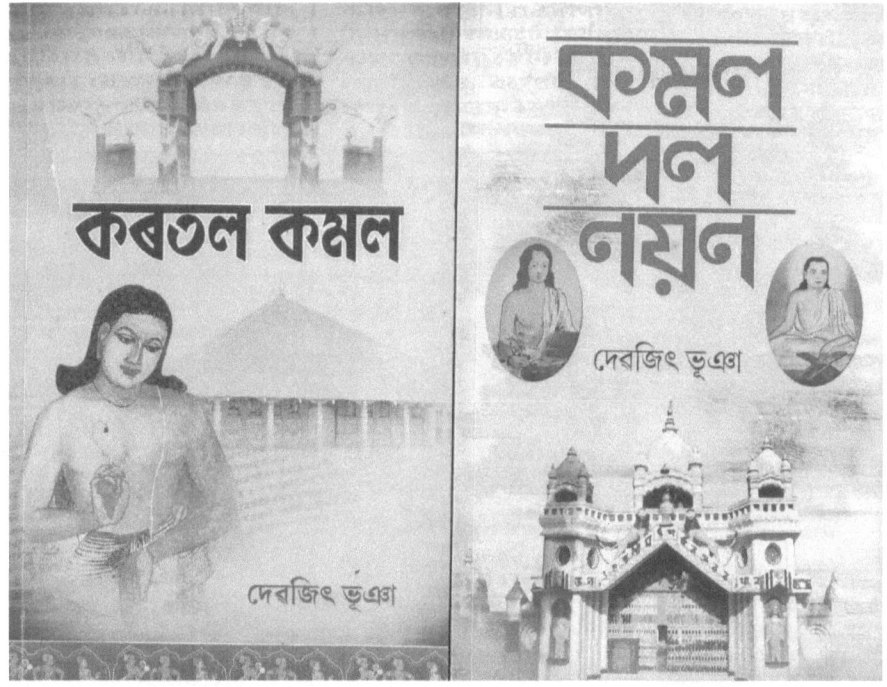

Сэтгэлийн айдас

Хөөе, юунаас ч бүү ай
Айдас бол аюултай хор хөнөөлтэй зүйл юм
Сэтгэлийн айдас нь бие махбодоор илэрхийлэгддэг
Мөн та уралдаан эхлэхээс өмнө ялагдсан
Айсандаа та сүнс, үл үзэгдэх амьтдыг хардаг
Мөн та тулалдааны талбараас тулаангүйгээр зугтдаг
Энэ бол хулчгар, ёс зүйгүй, зөв биш юм
Айдастай хүн амжилтанд хүрч чадахгүй
Нэгэнт айдсаа даван туулж чадвал боломжууд маш их байдаг
Хэрэв та зоригтой байвал бүх дэлхий чамтай хамт байх болно
Ялсан хүн булшинд очсон хойноо ч дурсагддаг.

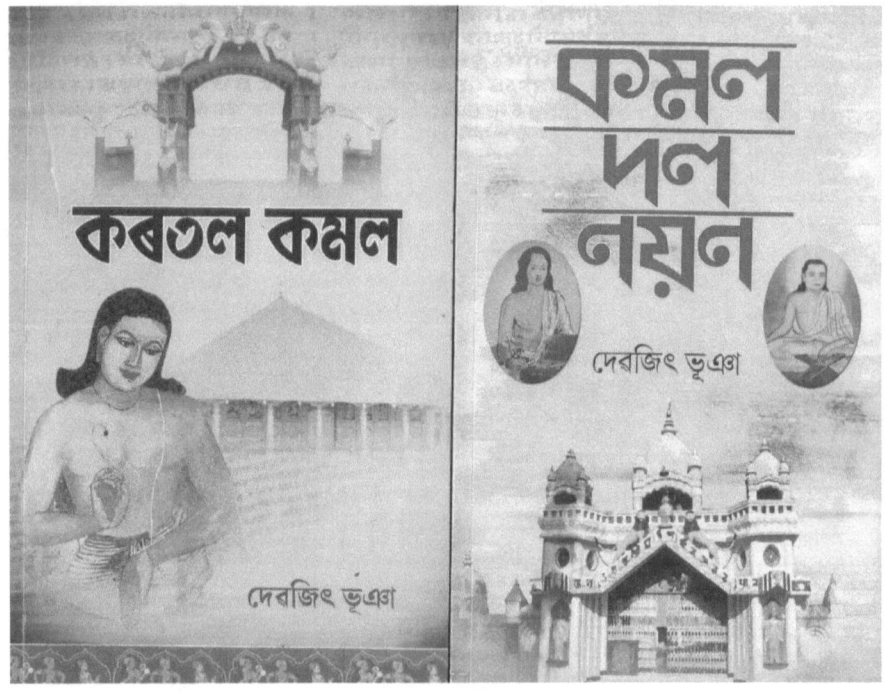

Модноос айдаг

Ойд байгаа моднууд хөрөөний чимээнээс айдаг
Моторт хөрөө нь ой модыг маш хурдан устгасан
Нэгэн цагт хүн мод огтлохын тулд маш их хөдөлмөр шаарддаг байсан
Харин одоо механикжсан хөрөөтэй болсноор бие нь асуудалгүй болсон
Үүний үр дүнд гамшиг тохиолдож, ширэнгэн ой мод устаж байна
Дэлхийн дулаарал уур амьсгалыг өөрчлөхөд хүргэсэн
Мөсөн голууд хайлж, үер сүйрлийг бий болгож байна
Нэгэн цагт гар хөрөө нь хүн ба соёл иргэншлийн найз байсан
Биологийн олон янз байдал, экологи, моторт хөрөө устгаж байна.

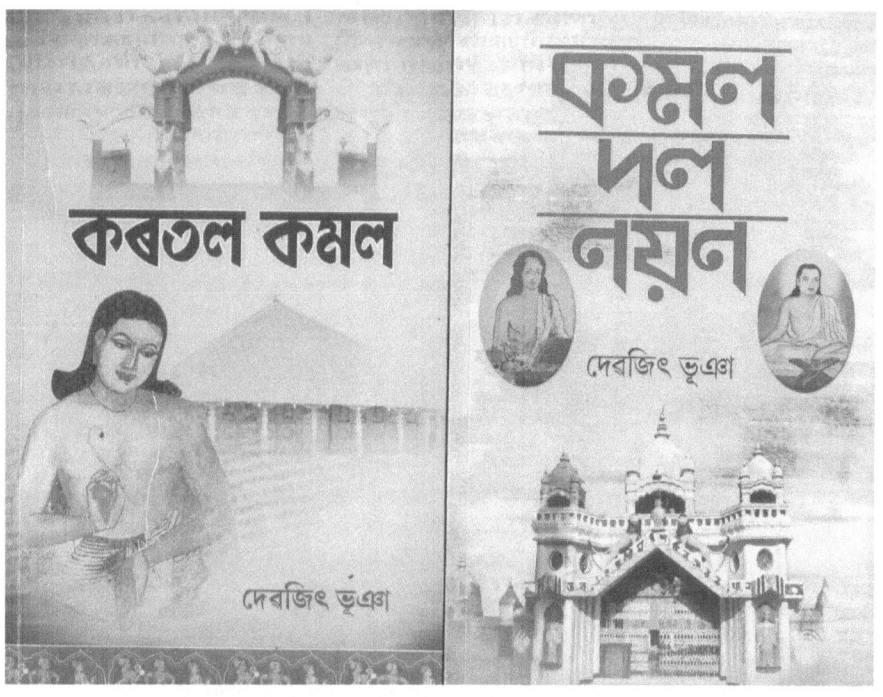

Өөрчлөгдөж буй намын улс төр (Энэтхэгт)

Сонгуулийн цаг бол улс төрийн үзэл баримтлалыг өөрчлөхөд хамгийн тохиромжтой үе юм
Гэхдээ нам солих нь ард түмний асуудлыг шийдэхийн төлөө биш
Эрх мэдлийн шуналаар дарга, дагагчид намаа сольдог
Мөнгө, архи, эд баялаг, эмэгтэй хүн бол маш том сэдэл юм
Дарга нар яагаад сонгогчдыг хуурдаг вэ, хэн ч хяналт тавих дургүй
Улстөрчдийн хувьд хүнд үйлчлэх нь үргэлж хоёрдугаарт ордог
Тэдний мөнгөний хайрцгийг аль болох дүүргэх нь чухал юм
Удирдагчдад эрх мэдэл, эрх мэдэл, мөнгө илүү чухал байдаг
Сонгогчдын дийлэнх нь мунхаг хүмүүс байдаг тул үүнийг амархан хийдэг
Сонгуулийн цаг бол цаг агаарын мэдээ, өөрчлөлтийн тал дээр хамгийн тохиромжтой.

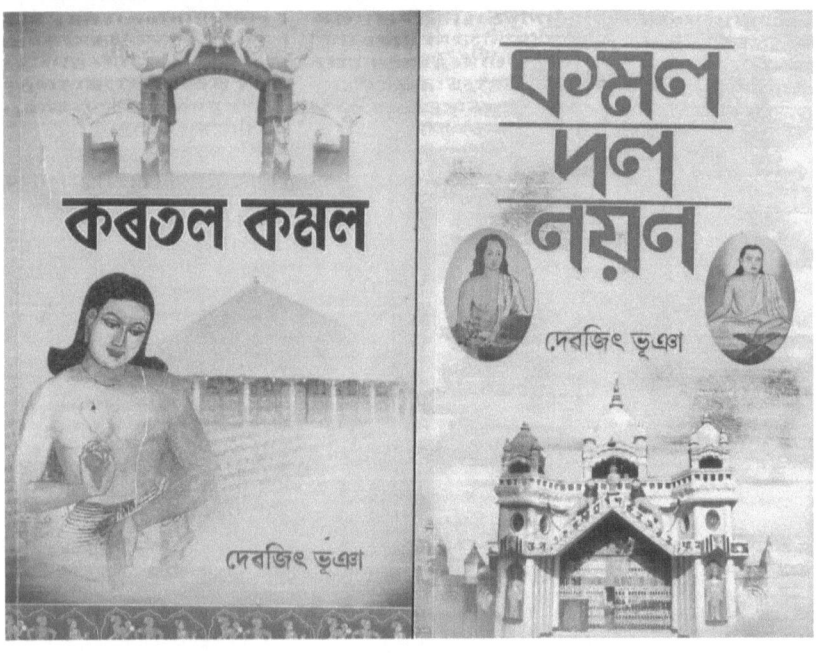

Шинэ өнгө

Олон өнгийн цэцэг цэцэглэдэг
Ассамд хавар ирлээ
Бихугийн улирал, бүжгийн баяр
Бөмбөрийн чимээ (дхоол-пепа) шөнө дундын чимээгүй байдлыг эвддэг
Модны дор хайрын шувууд баяр хөөртэй уулздаг
Үзэн ядалт, хэрүүл маргаан, өнгө, каст, шашин шүтлэг, шашин шүтлэгийн хуваагдал байхгүй
Хүн бүр ямар ч нийгмийн хуваагдалгүйгээр баярын уур амьсгалтай
Шинэ хувцас өмсөж, хүүхэд, өсвөр насныхан тоглож, үсэрч байна
Эмээ нар бүжгийн спортод идэвхтэй оролцдог
Казирангад ч хирсний тугал бөмбөр цохих чимээ сонсоод энд тэндгүй гүйдэг.

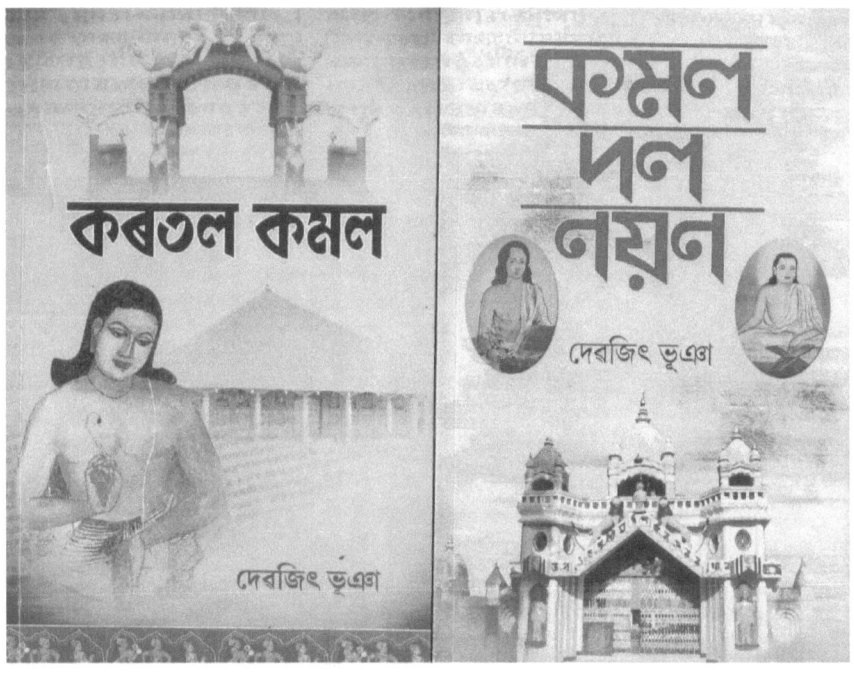

Дараагийн амьдралдаа уулзах

Өөр ертөнцөд үхсэний дараа амьдрал байдаг эсэхийг хэн ч мэдэхгүй

Үхэшгүй мөнхийн сүнс байдаг нь бодит байдал биш домог байж болно

Тэгэхээр яагаад дараагийн амьдралаа хэн нэгнийг хайрлахыг хүлээж байна, би чамд хайртай гэж хэлээрэй

Энэ амьдралдаа хайрын сайхныг хайрлаж, эдэлнэ

Дараагийн төсөөллийн амьдралд юу ч бүү хүлээ

Нөгөө талд амьдрал байгаа бол таны баяр баясгалан, хайр хоёр дахин нэмэгдэнэ

Мэдээжийн хэрэг, параллель ертөнцтэй хамт амьдралын тодорхойлолт өргөн байх болно

Гэсэн хэдий ч өнөөдөр хайрын солонго, амьдралын гоо үзэсгэлэнг сайхан өнгөрүүлээрэй

Маргааш, дараа жил, дараагийн амьдрал ирэх ч юм уу, ирэхгүй ч юм уу, хэн мэдлээ.

Дээрэлхэх

Найздаа болон хэн нэгэнд хэзээ ч биттий дээрэлхээрэй
Энэ нь дайсагнал, хэрүүл маргааныг авчрах болно
Хайр дурлал, харилцаа холбоо үүрд алга болно
Хэрүүл зангаараа хүмүүс чамаас зайлсхийх болно
Хөгжил дэвшил, сэтгэлийн амар амгалан байдал дээрэлхэх замаар алга болно
Дээрэлхэхээс илүү тэвчих, уйлах нь дээр
Бурхан нулимсыг чинь арчих хүнийг илгээнэ.

Санваартан

Одоо цагт тахилч нар хүртэл шударга, ёс зүйтэй байдаггүй
Тэд хэзээ ч үнэн, шударга ёсны замыг дагадаггүй
Санваартнууд шашны нэрээр хүмүүсийг хуурч байна
Шашны шинэчлэл, сайн хүмүүс орж ирэх нь шийдэл юм
Санваартнууд хүмүүсийг хоорнд нь хагалан бутаргаж, бие биетэйгээ туладахыг уриалдаг
Хүмүүс та нар тэднийг аврагч, загалмайлсан эцэг гэж иттэдэг
Зуучлагчид жинхэнэ шашны сургаалийг устгаж байна
Учир нь энэ нь тэдний орлогыг нэмэгдүүлэхэд тусалдаг
Санваартнууд шашныг өнгөлөн далдлаж, бохирдуулсан
Дарс, эд баялаг, эмэгтэй хүнтэй тэд үдэшлэг тэмдэглэдэг
Есүсийн сургаал хүчин төгөлдөр бөгөөд энгийн хэвээр байна
Шашинд зуучлагчид зөвхөн асуудал үүсгэдэг.

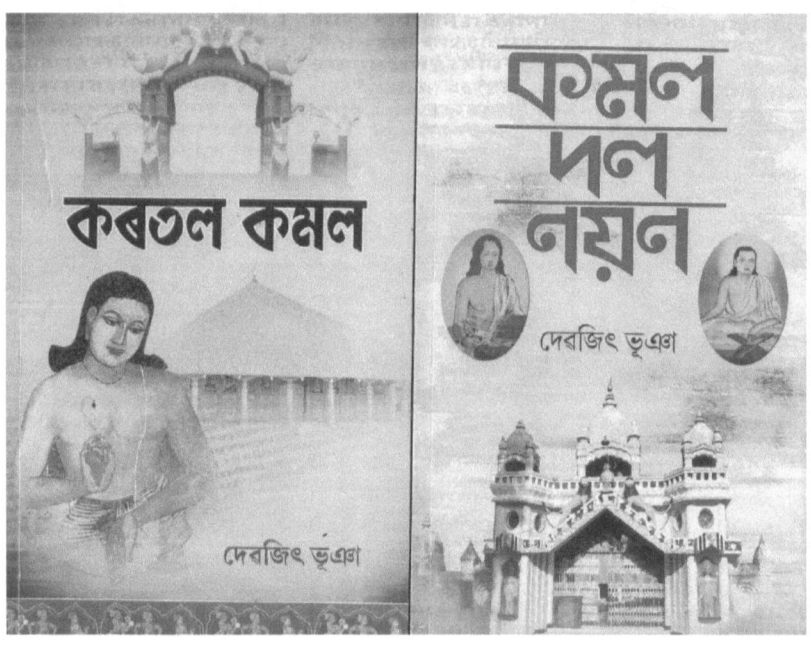

Нар мандах болтугай

Хүмүүс мянгаараа урагшлах болгонд
Маршлах чимээ нь яг л шүлэг шиг сонсогддог
Удирдагчид өөрсдийн эрх ашгийн үүднээс шинэ улс төрийн нам байгуулсан
Хуурамч амлалтаар эрх мэдлийг санал хураалтаар авдаг
Гэвч олон түмний асуудал хэвээрээ байв
Олон нийтийн ухуулга, дайчилгаа бол дандаа улс төрийн тоглоом
Дарга нар нэр хүндтэй болвол захирагч болно гэдгээ сайн мэддэг
Удирдагчид ирж, дарга нар явж, ард түмэн ард нь зогсдог
Эрчим хүч нь мөчлөгийн дагуу нэг бүлгээс нөгөөд шилждэг
Гэсэн хэдий ч ядуу хүмүүс ядуу хэвээр, үргэлж зовлонтой байв.

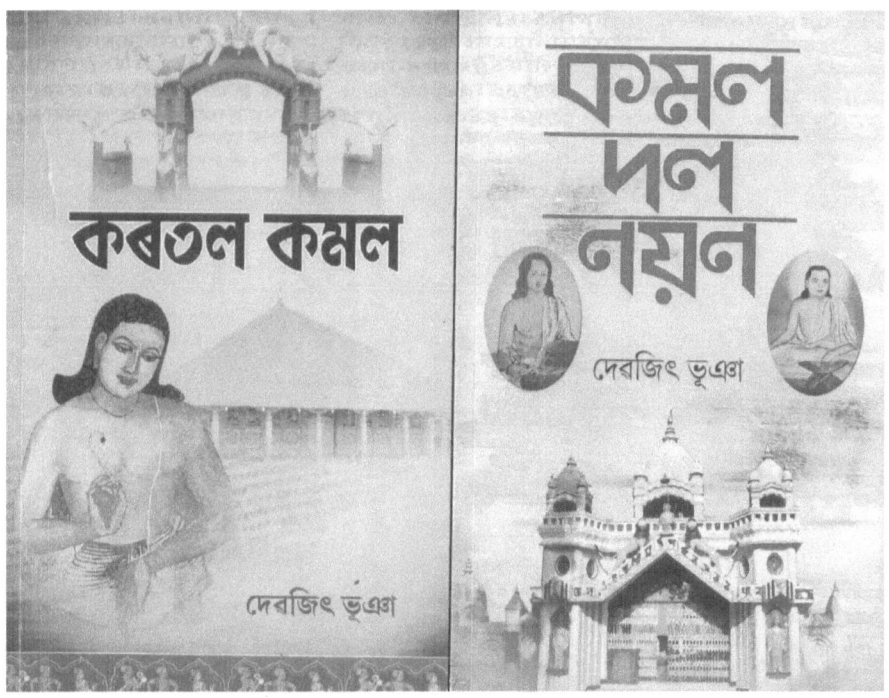

Бхарата, хурдлаарай

Яараарай, яараарай
Зам дээр хальтирч болохгүй
Модны доор бүү унаарай
Тэнд маш олон зөгий нисч байна
Том мод бол модны үүр юм
Хотод та тэдгээрийг олохгүй
Хүмүүс байшин барихын тулд бүх модыг тайрч авав
Хотууд бол бетон, бохирдол, автомашины ширэнгэн ой юм
Зөгий бохирдлоос үргэлж хол байдаг
Соёл иргэншилд хотоос өөр сонголт байхгүй
Тиймээс тэнд суурьших гэж бүгд яарч байна.

Бүгдэд нь хайртай

Бүгдийг хайрла, бүгдийг хайрла, бүгдийг хайрла
Мөнгөний шуналаар хэнийг ч үзэн ядах хэрэггүй
Энэ ертөнцөд хайр бол жинхэнэ зөгийн бал юм
Хайрыг олж авбал амьдрал амжилттай болно
Дэлхий тэнгэр шиг байх болно
Мөнгө, эд баялаг цаг хугацааны явцад муудаж магадгүй
Гэвч үхэх хүртлээ болзолгүй хайр урсах болно
Навч дээрх усны дусал шиг чи гэрэлтэх болно
Явах мөчид мөнгө уйлахгүй
Чамайг хайрласан хүн нулимс дуслуулан баяртай гэж хэлэх болно.

Том, чи ажиллаж эхэл

Том, чи ажиллаж эхэлж, бизнесээ санаарай
Хэн ч чамд үүрд үнэгүй хоол өгөхгүй
Гартаа хөрөө, хаммер аваарай
Энэ дэлхийд боломж хомс гэж үгүй
Бусад мужаас ирсэн хүмүүс Ассамд маш их мөнгө олдог
Харин та манай улсад боломж байхгүй гэж хэлж байна
Компьютер, үзэг, гартаа ном барь, эсвэл зүгээр л мод тарь
Хэзээ нэгэн цагт тэдгээр моднууд танд үр жимс өгөх болно, амьдрал хурцадмал байдлаас ангид байх болно.

Үхэх үед

Таны сүүлчийн явах үед
Мөнгө таны хамтрагч биш байх болно
Таны сайхан байшин таныг дагалдан явахгүй
Таны цуглуулсан хайрт бараа тараагдсан хэвээр байх болно
Үхсэний дараа энэ амьдралын юу ч нөгөө талд үлдэхгүй
Мах, ясны цогцос булшны дор байх болно
Хэрэв та амьд байхдаа хэн нэгэнд муу өдрүүдэд тусалж байгаагүй бол
Таныг нас барсны дараа булшин дээр чинь хэн ч цэцэг өргөхгүй
Амьд байхдаа өгөөмөр, өгөөмөр байж, бусдад туслаарай
Хүмүүсийг зовлон шаналал, зовлон зүдгүүрийн үед нь хайрла
Үхсэний дараа ч таны дурсамж ахих болно.

Гэрийн бор шувуу

Гэрийнхээ ойролцоо амьдардаг бяцхан шувууг хайрла
Эрт дээр үеэс хүний хамтрагч
Хомо сапиенсийн хөгжил дэвшлийн түүхийн нэг хэсэг
Арван мянган жилийн урт удаан аялалд хүнийг хэзээ ч орхисонгүй
Гэсэн хэдий ч одоо тэд хот, тосгонд аюулд өртөж байна
Бетон ширэнгэн ой нь тэдний амьдрах орчныг сүйтгэсэн
Энэ бяцхан шувууг хайрлаж, мөхөхөөс нь туслаарай
Эс бөгөөс хүн төрөлхтөн нисдэг хамтрагчаа алдах болно.

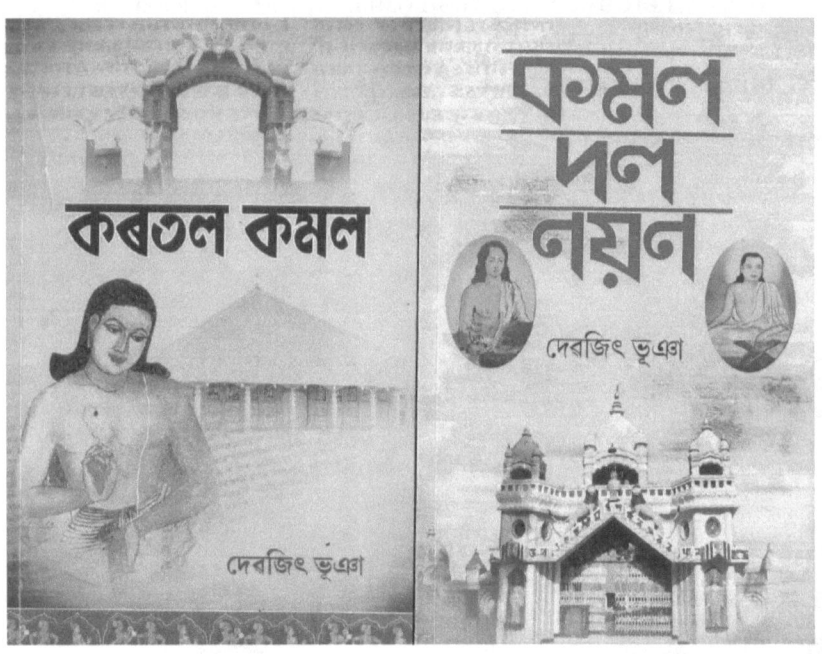

Мөнгөний гялбаа

Олон сая хүн өлсгөлөнд нэрвэгдээд байна
Гэвч хүнсний бүтээгдэхүүний үрэлгэн байдал үргэлжилсээр байна
Баян хүмүүс мөнгөний хүчээр илүү их үрдэг
Тансаг байдал, хоббидоо зориулж тэд илүү их нүүрстөрөгч ялгаруулдаг
Өлсгөлөн ядуу хүмүүс нүүрстөрөгчийг тэг болгоход хэрхэн хувь нэмэр оруулах вэ?
Нэг том, хөгжилтэй хот ядуу улсаас илүү нүүрстөрөгч ялгаруулдаг
Нүүрстөрөгчийн ялгаруулалтыг тэгшиттэх нь цорын ганц шийдэл юм
Удахгүй уур амьсгалын өөрчлөлт, дэлхийн дулаарал үхнэ
Баячуудын хамгийн баян нь хүртэл хохирогч болж, унах болно.

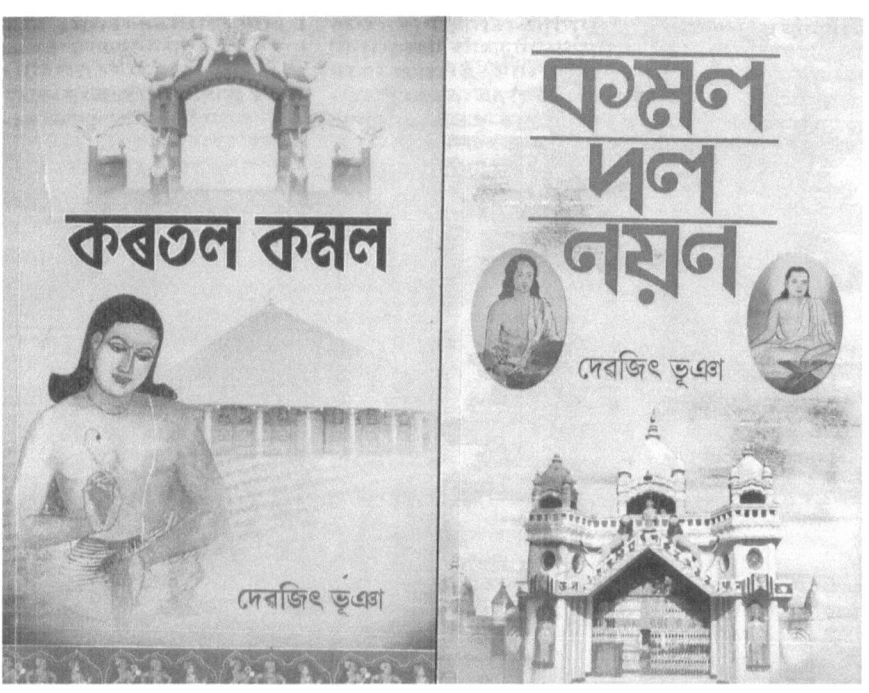

Ажиллахад бэлэн байгаарай

Бурханд чин сэтгэлээсээ залбирсан ч гэсэн
Бурхан ч, хэн ч чиний ажлыг хийхээр ирэхгүй
Зөвхөн залбирах нь хангалттай гэдгийг та буруугаар ойлгож байгаа тул бууж өг
Өөрөө үр дүнтэй болохын тулд ажлаа хийхэд бэлэн байгаарай
Шаардлагатай бол өөрөө зам гүүрээ барь, хэн нэгнийг хүлээх хэрэгтүй
Гол, далайг гатлан сэлж, Бурханаас завь илгээхийг бүү хүлээ
Хийж эхэлмэгц хүмүүс нэгдэж, тусламжийн гараа дагах болно
Баг хөгжинө, чи манлайлагч болно
Гэхдээ ажил хийхгүй бол хэн ч танд малгай ч, өд ч өгөхгүй.

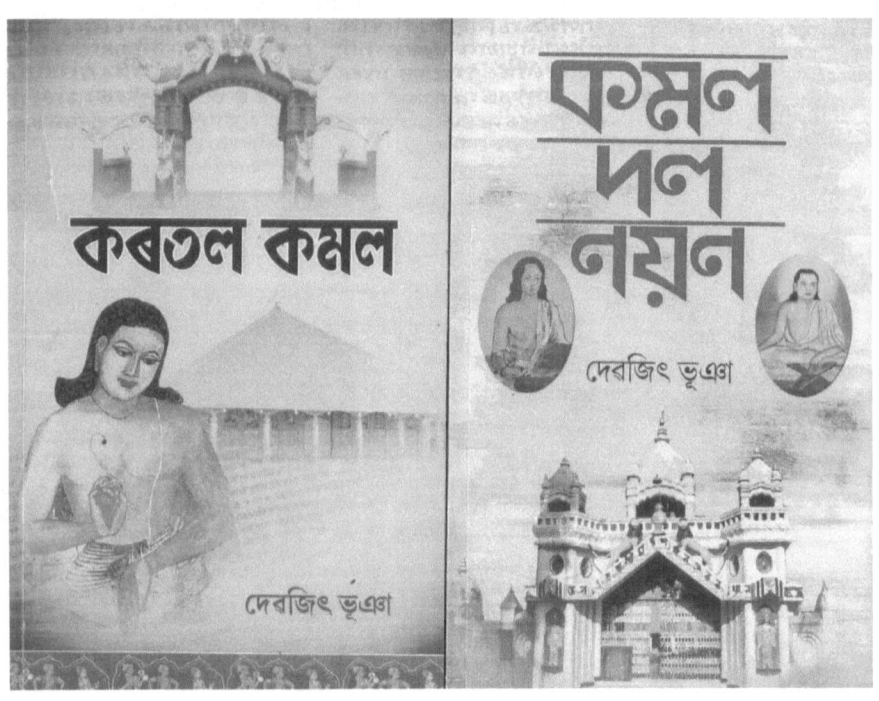

Амжилттай амьдрал

Амьдрал зөвхөн мөнгөний хүчээр амжилтанд хүрэхгүй
Амьдрал зөвхөн залбирлаар амжилтанд хүрэхгүй
Зөвхөн шаргуу хөдөлмөр ч амжилтанд хүрч чадахгүй
Зөвхөн харилцаа холбоогоор амьдрал амжилтанд хүрэхгүй
Чиний зохиолоор амьдрал бүтэхгүй
Үр удмаа нэмээд амьдрал бүтэхгүй
Хайрын замд тууштай байж амьдрал амжилттай болно
Мөн хүн төрөлхтөн, хүн төрөлхтөнд өгөөмөр үйлс.

Алтан Ассам

Ассам бол гялалзсан алттай адил юм
Байгалийн гоо үзэсгэлэн өдөр бүр нээгддэг
Гэсэн хэдий ч Ассам хоцрогдсон, хөгжөөгүй
Зуны улиралд Ассам усанд живдэг
Олон зуун жилийн турш хүмүүс энэ талаар ярилцсан
Гэвч үерийн асуудал шийдэгдээгүй байна
Авлигачид төрийн мөнгийг луйвардсан
Эрэгтэйчүүдийн нийтлэг аялал ядаргаатай хэвээр байв
Залуу үе эв нэгдэлтэй, урагшаа тэмүүлээрэй
Авлигач улстөрчдийг шийттгэж, Ассамд шагнал өг.

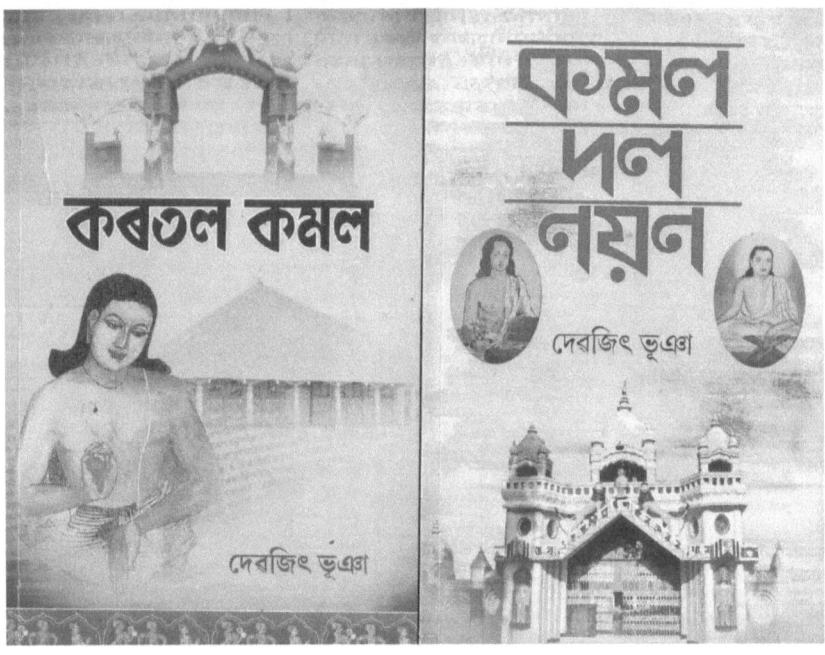

Лаа

Лаа булшин дээр тод гэрэл өгдөг
Энэ нь шатаж байхдаа нас барсан тухай дурсамжийг өгдөг
Жилд нэг удаа хүмүүс өвчнөө санадаг
Лааны гэрлээр Төгс Хүчит Бурханд залбир
Булш нь зөвхөн цогцос булдаг газар биш юм
Энэ бол найз, дайсан, дайсан бүрийн эцсийн очих газар юм
Амьд байхдаа лаа хүн бүрийг гэрэлтүүлэх ёстой
Лаа асааж байхдаа эцсийн хүрэх газрыг үргэлж санаж яваарай.

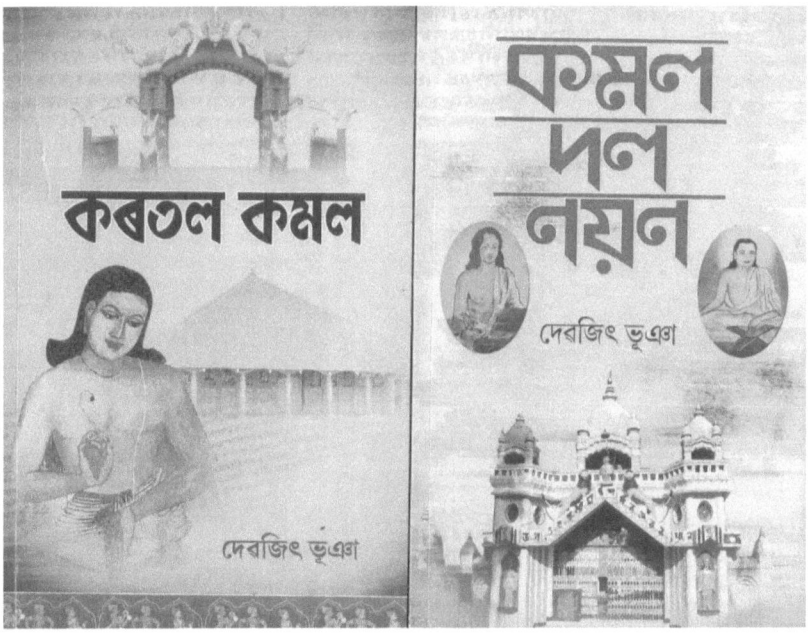

Авад хаант улс

Энэтхэгт нэгэн цагт сүр жавхлантай хаант улс байсан
Бүх хаадын эзэн Рама хууль ёсыг тогтоов
Гэмт хэрэг, айдас, эсэргүүцсэн дуу хоолойг дарах шаардлагагүй
Сита, Лакшманаг хүртэл хөөгджээ
Авад хотын амьдрал цэвэр, энгийн байсан
Гэвч цэцэглэн хөгжиж буй хаант улс өөрчлөлтийг тэсвэрлэж чадсангүй
Одоо зөвхөн түүх, муудсан дурсгалууд л үлджээ
Шинэ Рама сүм хийснээр түүний алдагдсан алдар нэр дахин сэргэв.

ХИЛЭН

Хилэнд хүрэх нь маш зөөлөн бөгөөд зөөлөн байдаг
Байгалийн хөвөнг зөөлөн нэгттэсэн мэт
Өөр өөр өнгөөр гоёмсог, гайхалтай харагдаж байна
Нэгэн цагт хилэн хувцас нь хувцасны хатан хаан гэж тооцогддог байв
Хилэнгийн сүр жавхлан бүдгэрсэн ч байсаар байна
Одоо ч гэсэн хилэнгийн таталтыг хүмүүс эсэргүүцэж чадахгүй.

Сар

Сар нь тойрог замдаа байнга гарч ирдэг ба алга болдог
Өглөө үүрээр сар алга болоход шувууд дуулж эхэлдэг
Хүмүүс сарны хувьсгалыг хараад шашны мацаг барьдаг
Нэгэн цагт бурхан гэж тооцогдож байсан хүн түүний гадаргуу дээр нэлээд буцаж газардсан
Одоо хүмүүс технологийн тусламжтайгаар Сарыг колоничлох уралдаанд оролцож байна
Сар нь хиймэл дагуул болж төрсөн цагаасаа эхлэн дэлхий дээр нөлөөлсөн
Өндөр түрлэг, бага түрлэг нь сарны таталцлын нөлөө юм
Удахгүй саран дээр хүн төрөлхтний колони болж, үндэстнүүдийн мөргөлдөөн болно
Саран дээр амьдрал байсан гэсэн домог өөрөөр өрнөж байна
Гэхдээ Сар одоо байгаа тул байгалийн замыг устах нь аюултай байж магадгүй юм
Саргүйгээр манай гаригийн уур амьсгал амьдрахад тохиромжгүй.

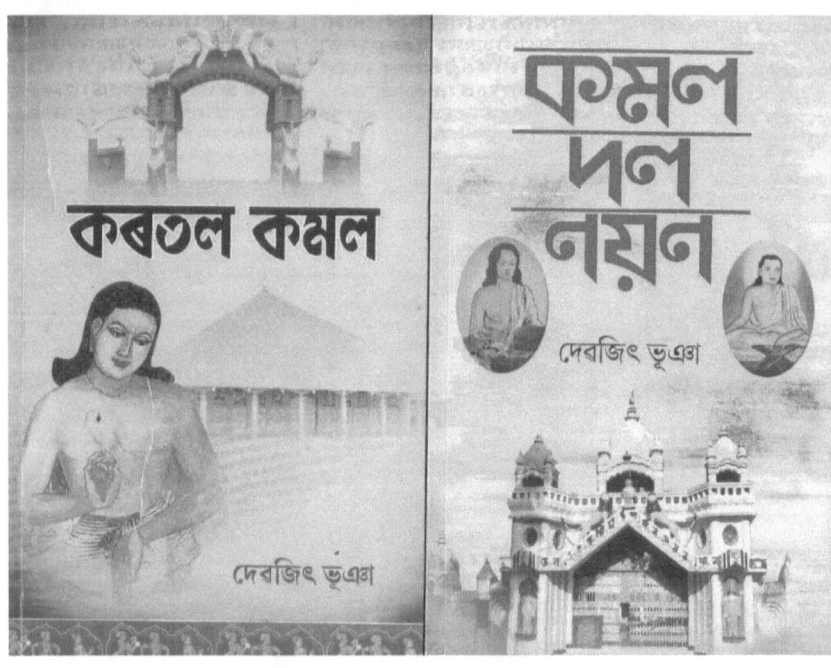

туулай

Гэмгүй туулайд эелдэг бай
Тэд хангалттай хүчтэй биш
Бүх амьтад тэднийг алахыг хүсдэг
Гэхдээ цагаан үстэй бол тэд ширэнгэн ойн гоо үзэсгэлэн юм
Хөгжилтэй, баяр баясгалантайгаар энд тэнд тэнүүчил
Ямар ч шалтгаанаар хэнийг ч хэзээ ч бүү гомдоо
Гэхдээ тэдний амттай мах нь дайсан авчирдаг
Хүмүүс бас зугаа цэнгэл, үслэг эдлэлийн төлөө тэднийг хөнөөдөг
Заримдаа тэд шоронд амьдрахаас өөр аргагүй болдог
Тэд хүний тулгасан шалтгаанд дургүй
Хүн төрөлхтөн өөрсдийн амьдрах орчныг сүйтгэсэн
Одоо тэднийг аврах нь жижиг магтаал байх болно.

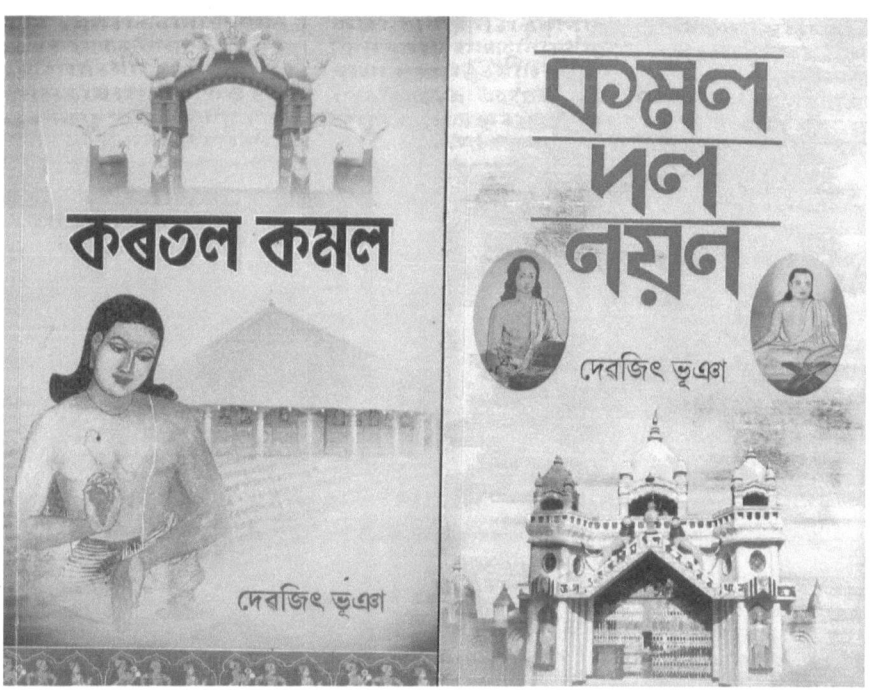

Хэрүүл

Бяцхан хүүхэд, биттий хэрэлдэж бай, тоглоомыг чинь сүйрүүлнэ
Уур хилэн гарч, хэдэн долоо хоног тоглохгүй
Уур нь баяр хөөртэй тоглоход маш муу байдаг
Уур, хэрүүлээ лонхонд хий
Санкардевагийн нутагт хэрүүл маргаан гарахгүй
Бие биенээ хайрлаж, найзуудтайгаа хөгжилтэй тогло
Хөгшрөх тусам эдгээр өдрүүд хэрүүл маргааныг зогсооход тусална
Нийгэм ухаалаг, хүчирхийллээс ангид байх болно.

Рино, амьд үлдэхийн төлөөх тэмцэл

Рино, хулгайн анчдаас бүү ай
Та эвэртэй ямар хүчтэй болохыг ойлгоорой
Амьд үлдэхийн төлөө хүнтэй тэмц
Буг, зааныг хамт авч яваарай
Мөн Кобра хаантай нөхөрлө
Бүгд хамтдаа Казирангагийн аврагч болно
Казиранга бол эрт дээр үеэс таны нутаг юм
Бүргэд болон зэрлэг одос үхэр ч бас танай багт байх болно
Байнга ганцаараа унтдаг питон шиг байж болохгүй
Та бол Казинга дахь амьтдын удирдагч, тэмцэл
Хэзээ нэгэн цагт хүний дээр сайхан сэттэл ноёлно
Та бүх амьтадтай амьд үлдэх уралдаанд ялах болно.

Голын давалгаа

Заримдаа голын давалгаа давалгаа болдог
Ус нь үерийн адил тэгш тал руу хурдан урсдаг
Зиг заг нь голын урсгал болдог
Зам, байшин, газар тариалан бүх зүйл усанд ордог
Шавар, элс давхаргууд байшинг сүйттэдэг
Гэсэн хэдий ч үерийн дараа ногоон зүлэг дахин ургадаг
Бэлчээрийн тал үерийг залуужуулахыг урьсан мэт.

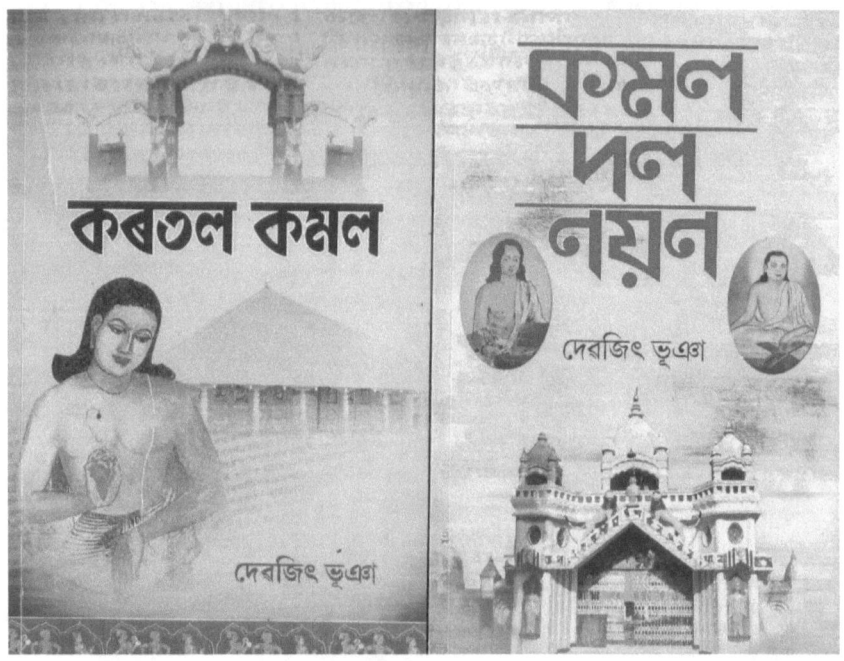

Шумуул

Битүү усан санд төрсөн
Жижиг зөгийн бал шиг сонсогдож байна
Хүний цусанд үргэлж шунадаг
Хэдийгээр амьдрал хэдхэн хоног, богинохон ч гэсэн
Зуны улиралд зэрлэг өвс шиг үрждэг
Хүний биед халуурал болон бусад өвчин үүсгэдэг
Ассам нь Гувахати хот нь шумуулын хувьд Мекка юм.

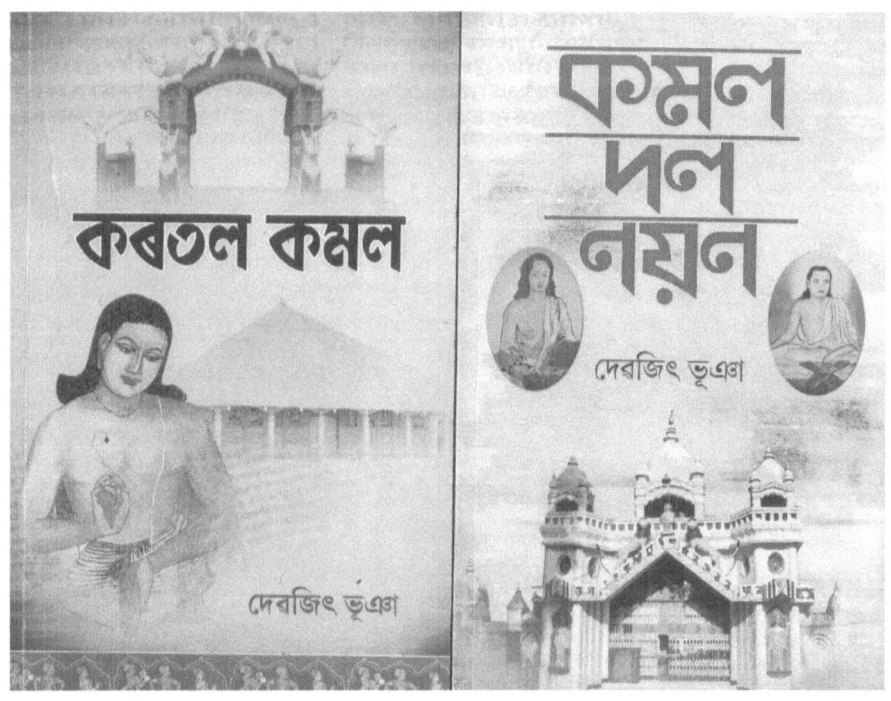

Зурхайч

Зурхайч бол Бурханы төлөөлөл биш
Ихэнхдээ тэдний таамаглал буруу байдаг
Зурхайчдын тооцоо гэж нэрлэгддэг зүйл бол хууран мэхлэлт юм
Хүмүүсийг хуурч, ашиг хонжоо хайдаг
Гэсэн хэдий ч жирийн хүмүүс наснаас харалган иттэл үнэмшилд иттэдэг
Илүү их мөнгөтэй бол тэд сайхан үг хэлж, илүү сайн таамаглал дэвшүүлдэг
Гэхдээ мөнгөгүй бол хэтэрхий их хязгаарлалт хийнэ.

Жаран нас

Жаран насандаа хорин настай шигээ гүйж чадахгүй
Бие суларч, хэврэг болж, яс нь хэврэг болдог
Ясны хагарал, гэмтэл хэзээ ч хурдан эдгэрдэггүй
Хэдийгээр таны оюун ухаан залуу эсвэл өсвөр насныхан шиг залуу байж болно
Гэхдээ хэсэг хугацааны дараа таны бие амрахыг хүсдэг
Та коллежийн өдрүүд шиг хурдан гүйж чадахгүй гэдгээ хүлээн зөвшөөр
Даатгалын компаниуд нэмэлт хураамж авахад ч дургүй байдаг
Жаран насандаа эрүүл мэнд, зүрх сэтгэлдээ анхаарал тавь
Дасгал хөдөлгөөн хийхгүй, хэт хурдан алхахгүй бол зэврэх болно.

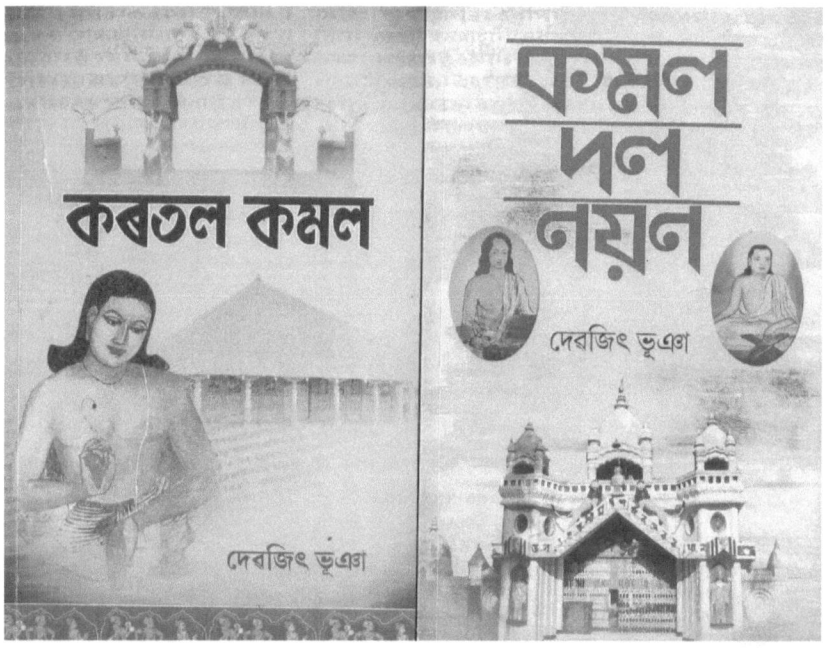

Мууддаггүй ээж

Хүмүүс ирж, хүмүүс явах болно
Оюун санаа нь хором бүрт өөрчлөгдөнө
Заримдаа хүмүүс магтах болно
Заримдаа хүмүүс татталзах болно
Заримдаа хүмүүс хайхрамжгүй ханддаг
Гэхдээ толгод, уулс шиг
Ээж үргэлж тантай хамт байх болно
Түүний хүүхдүүдийг хайрлах хайр нь эргэлзээгүй юм
Тийм ч учраас хувьсал урагшилж байна
Мөн бидний хүн төрөлхтний соёл иргэншил үргэлжилсээр байна.

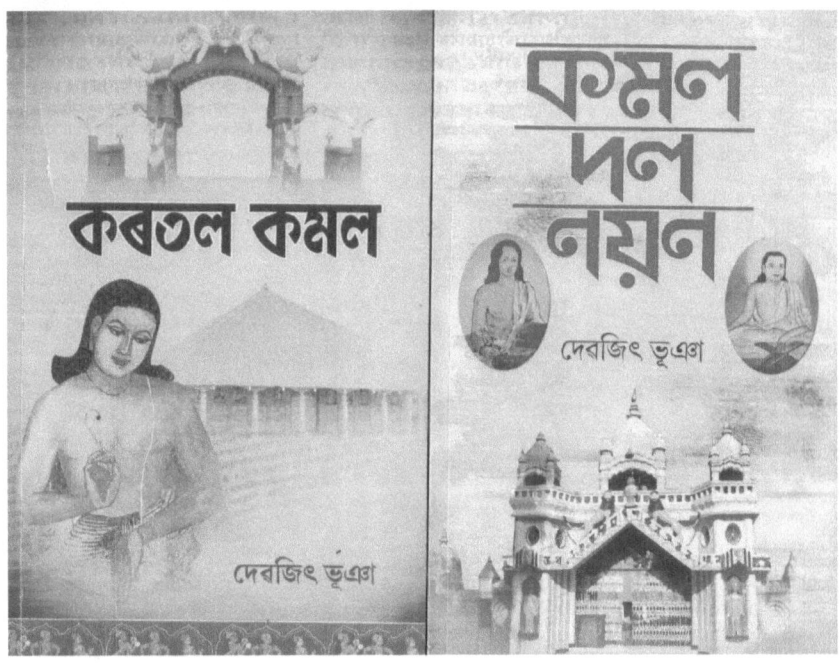

Хайрт Ассам

Ассам бол бидний хайртай газар юм
Бид гадаадад ч гэсэн үргэлж санаж байна
Бид өдөр бүр буцаж ирэх тухай боддог
Энд байгаа жимс нь олон янзын, шүүслэг байдаг
Дунд зэргийн уур амьсгал нь мэдрэхэд хэтэрхий таатай байна
Өвөрмөц биологийн төрөл зүйл бүхий шалны сортууд
Нэг эвэрт хирс, амьтан нь хөгжил цэцэглэлтийг нэмэгдүүлдэг
Хүмүүс энгийн бөгөөд эд баялагт шунадаггүй
Ассам эх орон бол бидний жинхэнэ хүч юм.

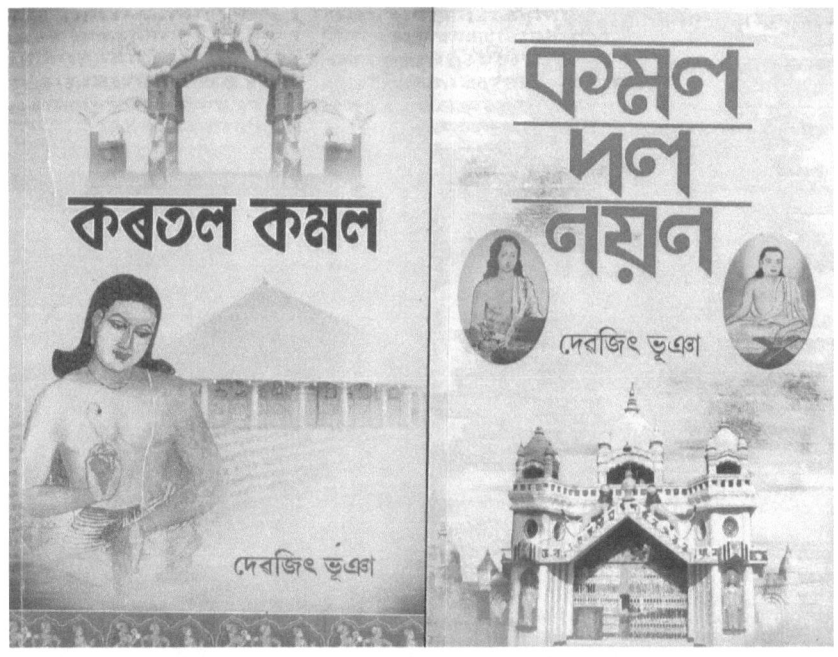

Хайрын бальзам

Бальзам нь далавчны хорхойноос загатнахыг эдгээж чаддаг
Янз бүрийн зовлон зүдгүүрээс ангижрахын тулд бид гавар авдаг
Гэхдээ сэтгэлийн шаналалд хайр бол цорын ганц гавар юм
Хэн нэгний сэтгэлийн зовлонг хайр халамжаар эдгээ
Энэ нь таны оюун санаанд таашаал өгөх болно
Мухар сүсэг нь бие махбодийн болон сэтгэцийн өвчнийг эдгээж чадахгүй
Хирсний эвэр эсвэл барын шүд нь ид шидийн эдгээх хүчгүй байдаг
 Тэд бол гэмгүй, гоо үзэсгэлэнтэй амьтад юм
Хирсийг эмчлэхийн тулд алах нь зөвхөн галзуурал юм
Бурханы бүтээл бүрийг сайхан сэтгэлээр хайрла.

Гэр, гэр бүлийн талаархи мэдээлэл

Олон тооны хүмүүсийн оюун ухаан гунигтай, гунигтай хэвээр байна
Одоо эх орныхоо нөхцөл байдал тийм ч сайн биш, энгийн биш байна
Гэр орноо сайхан болгоход харилцаа хэтэрхий төвөгтэй байдаг
Бидний гэр орон сайн сайхан, эв найрамдалтай биш байх үед
Хот, хөдөөгийн эв найрамдлын талаар бид яаж бодох вэ?
Хүн бүр гэрийн таатай орчны төлөө ажиллах ёстой
Гэр доторх эго, хуурамч давуу байдлын цогцолборыг хая
Гэр орон, хайр дурлал, хүсэл тэмүүлэл, хандлагыг орхих нь гарц юм
Эх орон зөв замд орчихвол улс орон ч мөн адил найгана.

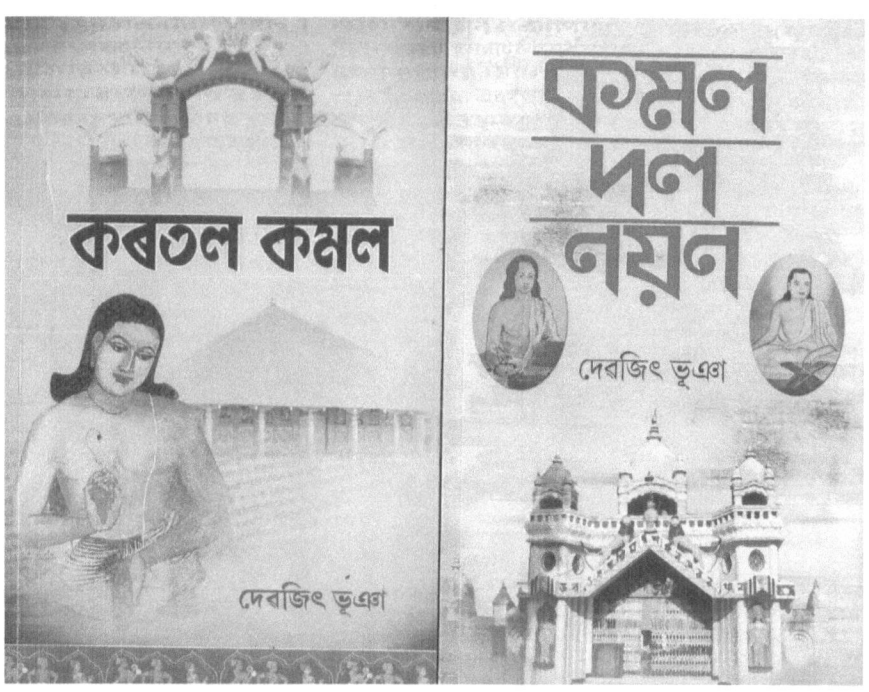

Мөнгө шаргуу хөдөлмөрөөр ирдэг

Мөнгө хэзээ ч талбай, модонд ургадаггүй
Гэхдээ тариалалт нь мөнгө олох боломжтой
Зээл авсан мөнгөө буцааж өгөх ёстой
Энэ бол таны өөрийн хөдөлмөрөөр олсон мөнгө биш
Хүнд хөдөлмөрөөр олсон мөнгө бол зөгийн бал юм
Мөнгө яаж ирэх бол гэж бодож цаг бүү үр
Хэрэв та зөв замаар явбал хаанаас ч мөнгө олно
Гэхдээ мөнгөө цуглуулахын тулд ч гэсэн шаргуу ажиллах хэрэгтэй
Мөнгөд хүрэх зам үргэлж саад бэрхшээл, өргөсөөр дүүрэн байдаг
Тиймээс цаг биттий үрээрэй, цаг бол мөнгө, мөнгөтэй болоход цаг хугацаа хэрэгтэй.

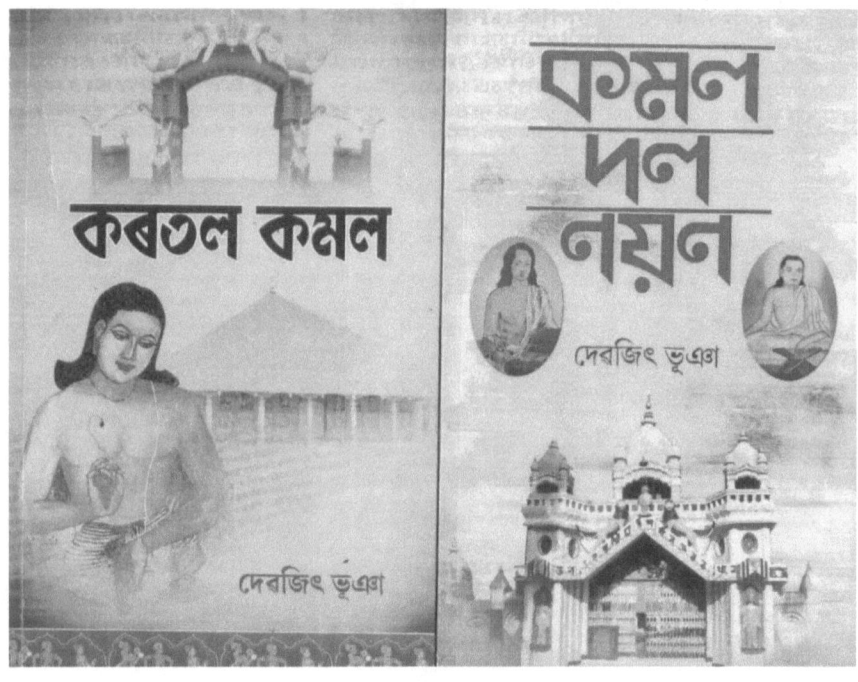

Бух

Бух хүн төрөлхтний төлөө хагалж, соёл иргэншил өөрчлөгдсөн
Гэхдээ бух нь тариалалтын хамгийн бага хувийг л авдаг
Гэсэн хэдий ч хүнээс бага оюун ухаанаас болж гомдол, дургүйцэл байхгүй
Хүмүүс баяр наадамд мах идэхийн тулд бух нядалж байсан
Бухнууд бол өчүүхэн, хүчгүй Бурханы хүүхдүүд юм
Тэдэнд ёс зүйтэй хандвал юу нь болохгүй юм бэ?
Хүн төрөлхтний соёл иргэншлийн хөгжилд тэдний оруулсан хувь нэмэр асар их юм.

Уур хилэн

Уур бол бидний хамгийн том дайсан
Уурандаа хүмүүс ойр дотны хүмүүсээ ална
Гэр бүл, улс орон сүйрнэ
Халуун цаг үед томоохон үйл явдлууд гардаг
Мөн зовлон зүдгүүр нь насан туршдаа үргэлжилдэг
Өдөр бүр, хором бүр уураа барь
Үр ашиг нь асар их бөгөөд үнэлж баршгүй байх болно
Чи бүгдийг хайрлаж эхлэх бөгөөд бүгд чамайг хайрлах болно
Мянга мянган цэцэг солонготой хамт цэцэглэнэ.

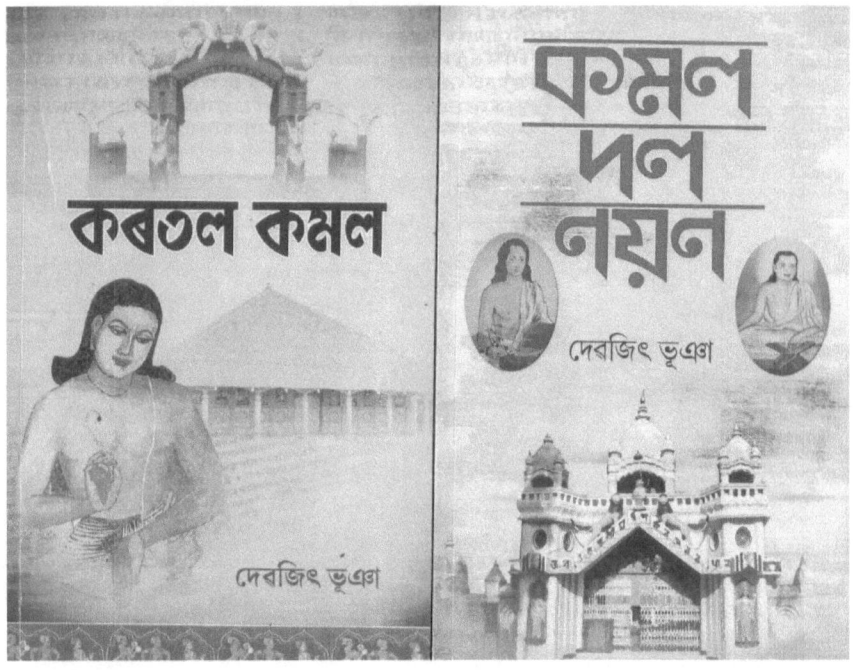

Халуун үлээх хүйтэн

Заримдаа халуун үлээж, цаг хугацаа шаардвал хүйтэн үлээнэ
Амьдралд амжилтанд хүрэхийн тулд энэ бол чухал дүрэм юм
Хэрэв та хэт халуу оргих юм бол таны зорилго биелэхгүй
Хэрэв та хэтэрхий хүйтэн бол хүмүүс давуу талыг ашиглах болно
Ярихдаа ээлдэг бай, гэхдээ шаардлагатай бол хатуу ярь
Ямар ч тохиолдолд сахилгагүй, бүдүүлэг байх шаардлагагүй
Алдаа, алдаа чамаас гарвал хэзээ ч биттий уурлаарай
Тэгэхгүй бол хүмүүс бар өлсөж байгаа юм шиг таныг буланд оруулна
Нөхцөл байдал, нөхцөл байдлын дагуу хариу үйлдэл үзүүлэх нь амьдралд сайнаар нөлөөлдөг
Үргэлж загнахаа санаарай, зөв нь зөвхөн эхнэрт л байдаг.

Холимог тоглоом

Эгодоо хэзээ ч морин хуурч болохгүй
Хүмүүс таны эелдэг зан чанарыг удахгүй мэдэх болно
Таныг гэсэн хүмүүсийн хайр мөс шиг хайлна
Ухаалаг байж, эелдэг хандах нь дээр
Хойтон зан нь таныг доош нь түлхэх болно
Хүмүүс таны хатуу олж авсан титмийг сэнтийнээсээ буулгах болно
Бардам зан нь таны сайн сайхны төлөө булш ухах болно
Таны дүр эсгэсэн биеийн хэлэм таныг толгодын оройноос түлхэх болно.

Шинэ жилийн хайр ба энэрэл

Шинэ ондоо хайр, хамгийн сайн сайхныг хүсэн ерөөе
Үүнтэй хамт солонгын долоон өнгийг авна
Модны өнгө өөрчлөгдсөн
Бихугийн баяраар хүмүүс шинэ хувцас худалдаж авдаг
Хүн бүр өөр өөр өнгө аястай наадмыг үзэж байна
Бух, үхэр хүртэл шинэ олстой
Зарим хүмүүс илүү сайн ирээдүйн төлөө Бурханаас татталздаг
Шинэ ондоо үзэн ядалт, атаа жөтөө, эгогоо орхи
Модны дор бөмбөрийн чимээ (дхоол)
Залуу бүжигчид баяр хөөртэй, хөгжилтэй байдаг
Бихугийн баярын үеэр Ассам өөдрөг сэтгэлтэй байдаг
Ширэнгэн ойд байгаа хирс, шувууд ч баярлаж, бүжиглэж байна
Ассам дахь уур амьсгал нь баяр баясгалан, хөгжилтэй, баяр баясгалантай байдаг.

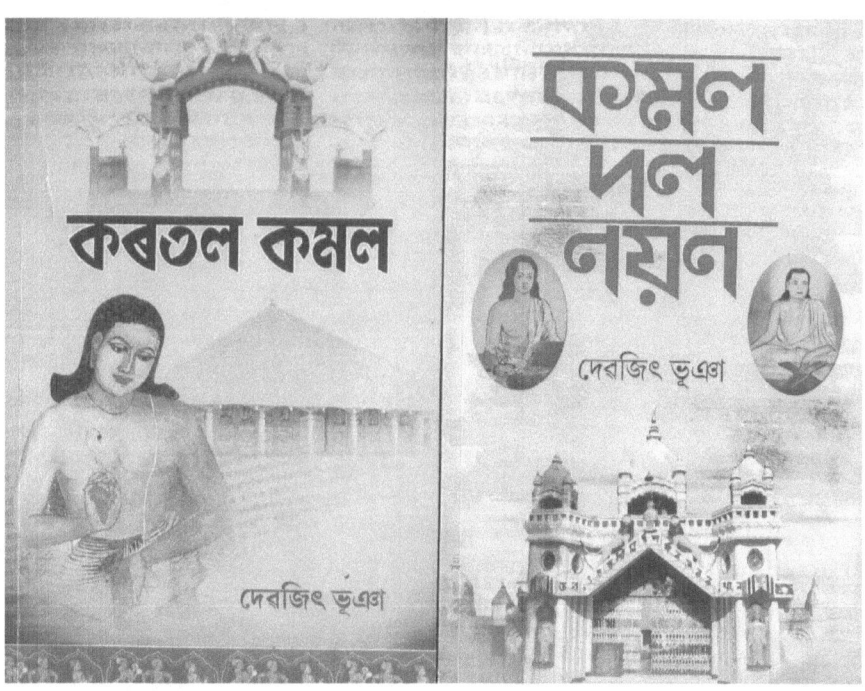

Гуравдугаар сараас дөрөвдүгээр сар хүртэлх Ассам мужийн цаг агаар

Цаг агаар сайхан, сайхан болдог
Цэнхэр тэнгэрт цагаан үүл нисдэг
Зам дээр машинууд хурдан явдаг
Ажлын ачаалал их байсан тул Паван гэртээ иржчадаагүй
Паван байхгүйгээс Иконы сэтгэл гунигтай байна
Тэр цэцэглэж буй дурдан мэлрэг цэцэг рүү харав
Бөмбөрийн чимээ сонсоод сэтгэл нь баяр хөөртэй болдог (dhool)
Тэр найзуудтайгаа Биху талбай руу гүйдэг
Модны дор бүгд хамтдаа бүжиглэв
Биху бол Ассамчуудын соёлын амьдралын шугам юм
Гуравдугаар сараас дөрөвдүгээр сар бол сайхан цаг агаартай цаг юм.

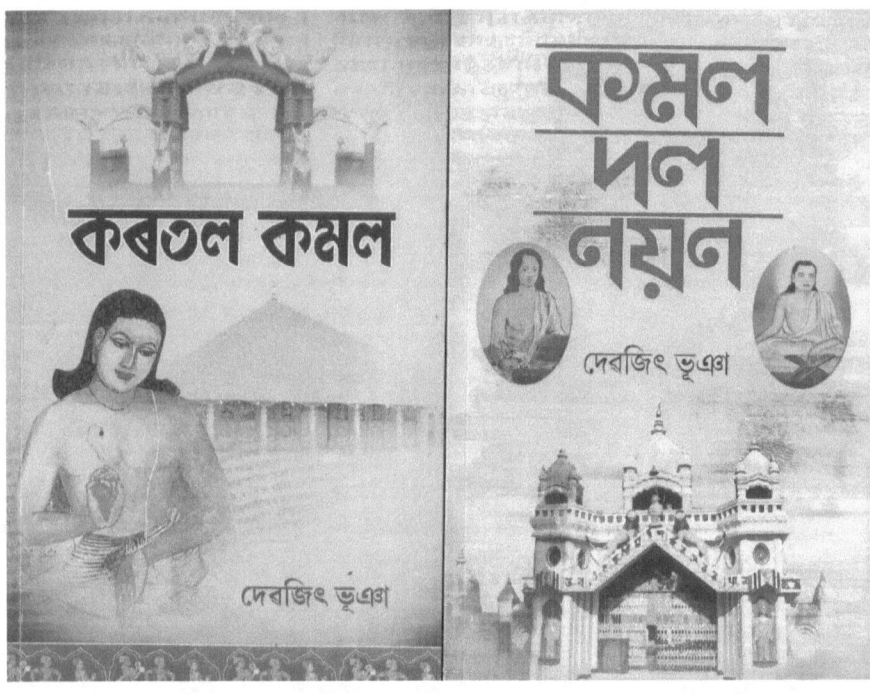

Дөрөвдүгээр сарын хайр

Миний хайрт дөрөвдүгээр сар, баярын уур амьсгалыг ав
Би чамд үнэтэй хувцас, гоёл чимэглэл өгч чадахгүй
Миний халаас мөнгөөр дүүрэн биш
Гэсэн хэдий ч миний зүрх сэтгэл хайр, хайр юм
Мөнгөний төлөөх замын шунал өргөсөөр дүүрэн
Гэхдээ хайрын зам бол хязгааргүй үнэртэй
Дөрөвдүгээр сар бол баян хүмүүст үнэтэй бэлэг худалдаж авах сар юм
Миний хувьд ах дүү, хайрыг түгээх сар
Би чамд үнэтэй дарс бэлэглэж чадахгүй байх
Гэхдээ миний зүрх чамайг тэвэрсэний төлөө зочлох боломжтой
Миний хувьд таны аз жаргалтай царай шиг чухал, үнэтэй бэлэг гэж байдаггүй
Нэгэнт л намайг тэврээд баярласандаа инээвэл бүх дэлхий минийх.

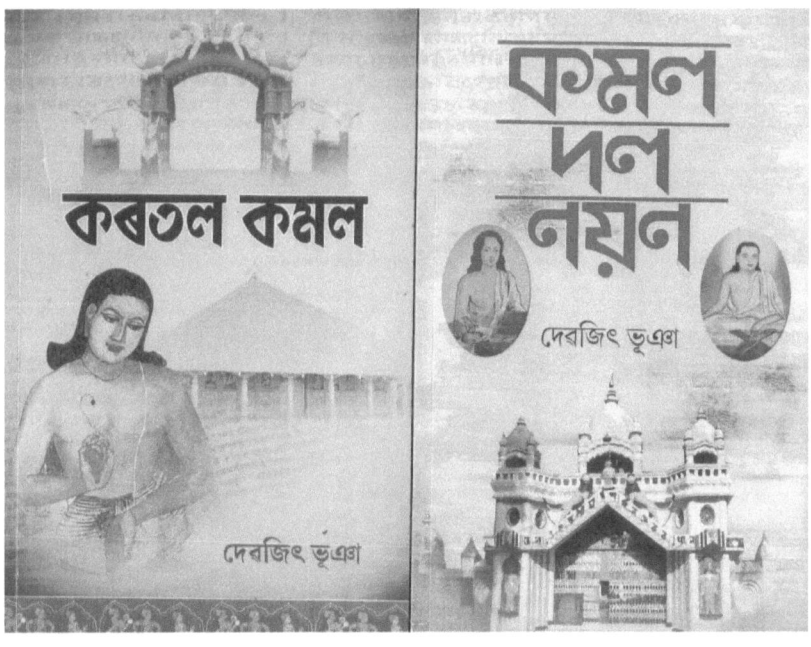

Хачирхалтай ертөнц

Энэ бол хачин ертөнц юм
Баян дэндүү баян, ядуу нь амандаа
Зүүн талд, байшинд унтах зүйл алга
Ядуугийн зовлонд хэн ч санаа зовдоггүй
Гоо сайхны газрын ойролцоо тансаг машинууд зогсдог
Арчилгаа, үсний өнгөнд олон мянган доллар зарцуулсан
Гэвч зам дээр суусан гуйлгачинд нэг ч төгрөг харамлахгүй
Энэ бол үнэхээр дээд амьтны ертөнц юм
Хүмүүс хором бүр утгагүй зүйл хийх завгүй байдаг
Энэ ертөнцөд үнэнч шударгаар амьжиргаагаа залгуулна гэдэг маш хэцүү
Гэтэл сая доллар луйвар, хүмүүсийг хуурах замаар орж ирдэг
Гэсэн хэдий ч илүү сайн ертөнцийн хувьд шударга байдал, үнэнч шударга байх нь энгийн дүрэм юм.

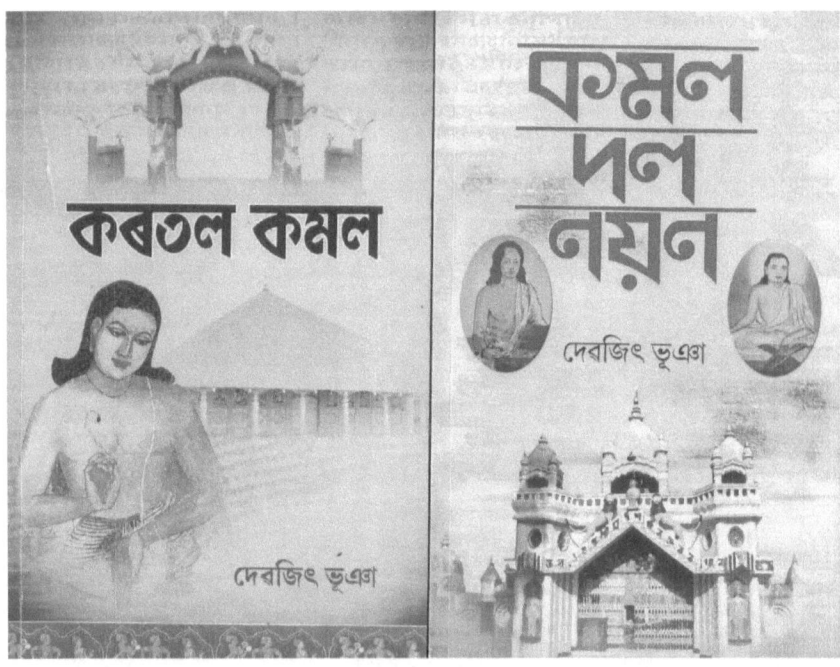

Ээжийн хайр

Ээж ээж, хайртай ээж
Ээж ээж, энхрий ээж
Тэнгэр ч бас ээжтэй тэнцэхгүй
Хайр гол шиг урсдаг
Эхийн хайраас илүү цэвэр хайр гэж байдаггүй
Хүүхдийнхээ алдаа болгоныг уучилдаг
Тэр өвчтэй, ядарсан байсан ч анхаарал тавь
Хүнд хэцүү үед бүгд түүний гарт хогоо авдаг
Түүний хүрч, үнсэлт нь хамгийн сайн өвдөлт намдаах үйлчилгээ юм
Ээжийг хэзээ ч үл тоомсорлож, сэтгэлийн зовлонг бүү өг
Тэр бол хүн төрөлхтөн ба ахан дүүсийн хоорондох холбоос юм
Өнгөрсөн, одоо, ирээдүй эхийн хэвлийгээр дамждаг
Ээжгүй бол цаг хугацаа, соёл иргэншил их аянга цахилгаанаар зогсох болно.

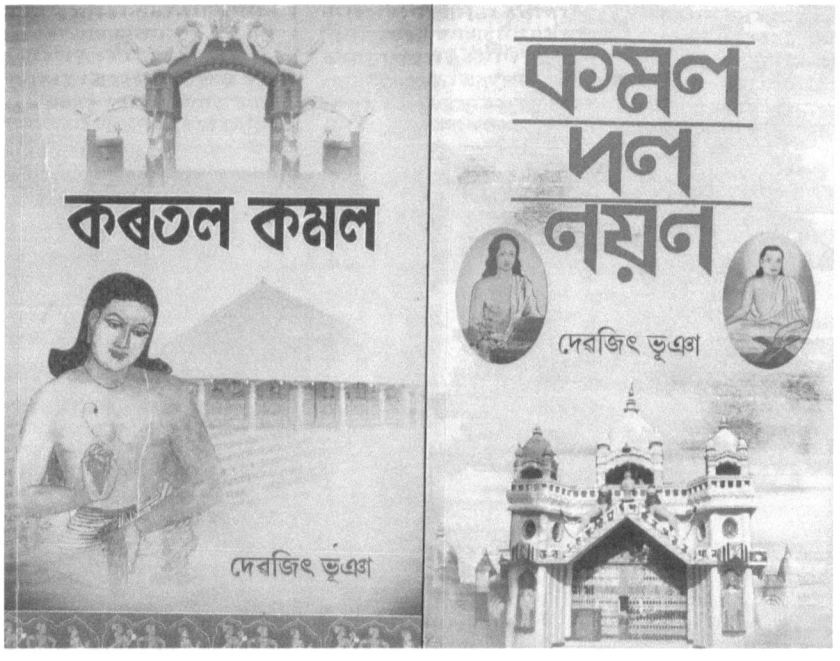

Миний алган дээрх бадамлянхуа

Үүл

А-алим, В-бөмбөг, С-цаг уурын тухай заа
Уур амьсгал маш хурдан өөрчлөгдөж байна
Гуравдугаар сард аадар бороо орно
Цаг бусаар орсон бороо баярыг сүйрүүлэв
Тэр ч байтугай элсэн цөлд аадар бороо сүйрэлд хүргэсэн
Гэвч цаг уурын өөрчлөлтөд хүмүүс мэдрэмжгүй байдаг
Үүл хагарах нь байнга тохиолддог
Уул толгод, төлөвлөгөөнд энэ нь зовлон авчирдаг
Цөл, толгод, тэгш тал нь уур амьсгалын өөрчлөлтөөс хамгаалагдахгүй
Муссоны чиглэл тогтворгүй болж байна
Мөн үржил шимтэй газар ноорог, өвдөж байна
Уур амьсгалын өөрчлөлтийг зогсоох нь одоо алсын хараа байх ёстой.

Буруу ашиглах

Эх дэлхийн нөөц багасаж байна
Гэвч хомо сапиенсийн тоо толгой нэмэгдэж байна
Усыг бүү буруугаар ашигла, эрчим хүчийг бүү буруугаар ашигла
Хувцасыг бүү буруугаар ашигла, мөнгө бүү ашигла
Үзэг, харандаа, цаас, хуванцарыг буруугаар бүү ашигла
Элсэн чихэр, давс, тэр ч байтугай нэг ширхэг үр тариаг буруугаар хэрэглэж болохгүй
Цагийг буруугаар ашиглаж, галт тэрэгнээс хоцрох хэрэггүй
Сая сая хүмүүс ходоодоо хоосон унтсаар байна
Хог хаягдлыг багасгах нь тэднийг өдөрт хоёр удаа хооллох боломжтой
Бурханы хувьд аливаа зүйлийг буруугаар ашиглахыг багасгах нь жинхэнэ залбирал байж болно.

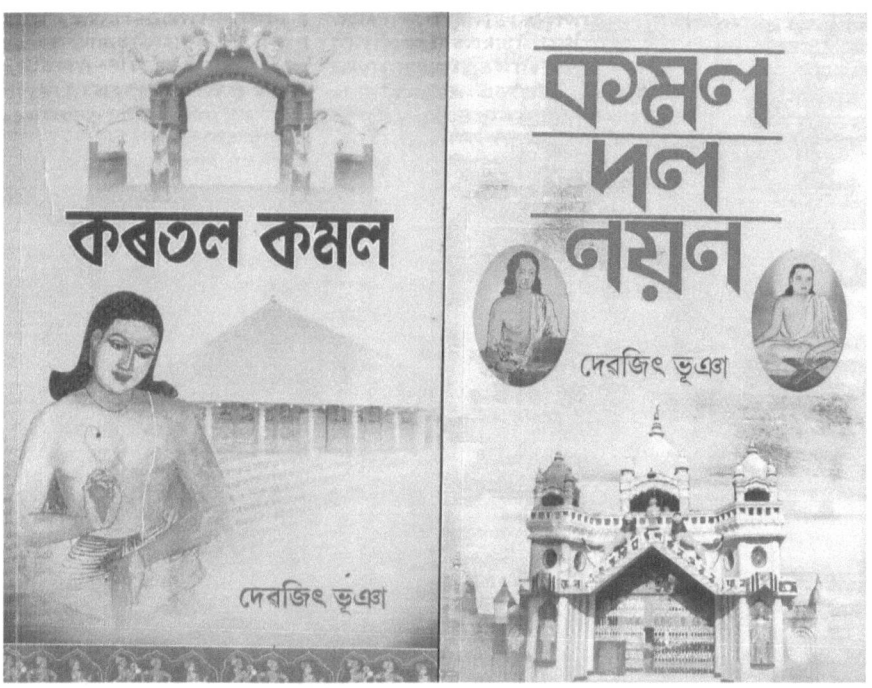

Эрт урьдын цагт

Нэгэн цагт Ассам нөөцөөр дүүрэн байсан
Жижиг хот, тосгонд амьдрах хязгаарлагдмал
Хашааны цэцэрлэгт моднууд элбэг дэлбэг жимстэй байв
Гал тогооны цэцэрлэгүүд ногоон навчит ногоогоор дүүрэн байв
Цөөрөм нь янз бүрийн төрөл бүрийн загасаар дүүрэн байдаг
Ойролцоох хүн амтай орнуудаас хүмүүс гэнэт шилжин суурьшжээ
Тэд үнэ төлбөргүй малын бэлчээрийг эзэлж эхэлсэн
Уугуул иргэд болон цагаачдын хооронд мөргөлдөөн эхэлсэн
Цагаачдын эсрэг Нелигийн хядлага үйлдэхэд хурцадмал үе иржээ
Нели тайван Ассамын түүхэнд айдас төрүүлсээр байна
Санкардевагийн хүлцлийн тухай үндсэн сургаалийг улс төр сүйрүүлсэн.

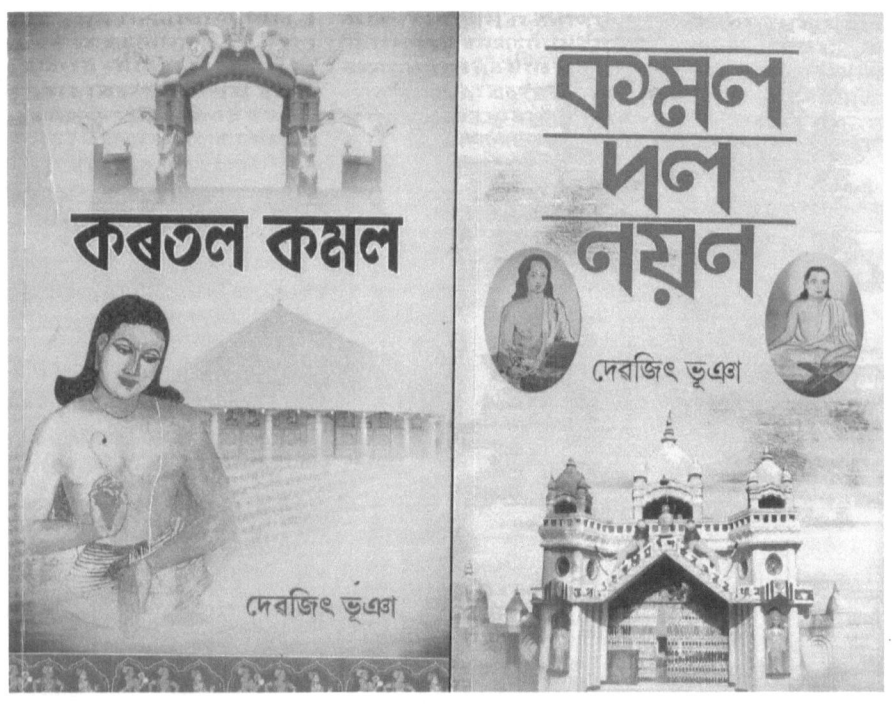

Үнэ цэнэгүй хайр

Хайр бол үнэ цэнэгүй маркетингийн бараа болжээ
Хэрэв та мөнгө тараавал хүмүүс таныг хайрлаж, биширнэ
Мөнгөтэй бол хайр дүүрэн, инээмсэглэсэн царай байх болно
Гэхдээ тэнгэрт хадсан нь таны өдөр тутмын болон наадмын зардал болно
Өгөөмөр байхаа больчихвол хайрын гол ширгэж эхэлнэ
Нөхөрлөл, харилцааны хувьд та ганцаараа уйлах хэрэгтэй
Таны тэдэнд зориулсан хайр халамжийг хэн ч санахгүй
Нэг удаа та тэдний төлөө зогсоод алтан өндөглөдөг тахиа шиг үргэлжлүүлэв
Дэлхийгээр ганцаараа аялж, танихгүй хүмүүстэй уулзах нь дээр
Та нэг ч төгрөг зарцуулахгүйгээр хэн нэгний сэтгэлийг байлдан дагуулж магадгүй
Тэр үл мэдэгдэх найзын хайр бүх насаараа зөгийн бал шиг үлддэг.

Ахомын зургаан зуун жилийн тасралтгүй засаглал

Ахомууд одоогийн Мьянмар гэж нэрлэгддэг Бирмээс Ассам руу иржээ

Мөн жижиг хаадыг ялан Ахомын хаант улсыг байгуулав

Тэд Ассамыг зургаан зуун жил ямар ч тасалдалгүйгээр захирсан

Бүх жижиг үндэстний бүлгүүдийг нэгтгэж, илүү том Ассамыг бий болго

Энэ бүс нутаг нь хөдөө аж ахуй, худалдаа, ордон барих зэргээр цэцэглэн хөгжиж байна

Ассамын баялгийн талаар мэдсэн Моголчууд Ассам руу арван долоон удаа дайрчээ

Гэвч Ахомын хаант улсыг байлдан дагуулж чадаагүй бөгөөд домогт дайчид төржээ

Хожим нь Ахомын ноёдын хоорондох мөргөлдөөн нь хаант улсыг сүйрүүлэхэд хүргэв

Ассамыг богино хугацаанд эзэлсэн Бирмийн армийг Британичууд амархан ялав

Ахомын хаант улсын түүх, алдар суу үүрд мөхсөн.

Би амжилтанд хүрнэ

Би тусгаарлагдсан аралд хувиа хичээсэн хүн биш
Хүн, нийгэм байхгүй бол миний байр суурь байхгүй
Тийм ч учраас би үргэлж хөдөлгөөнтэй, хэзээ ч хөдөлгөөнгүй байдаг
Хүмүүсийн хүчээр би айдаггүй
Бид уулыг эвдэж, шинэ гол ухаж чадна
Хүмүүстэй хамт би бүргэд шиг агаарт нисч чадна
Би тэнгэрт бүтэн сар шиг гэрэлтэж чадна
Тиймээс би ард түмэндээ үнэнч, үнэнч хүн
Би үргэлж хамт олон нийтийн амьдралыг удирддаг, энэ бол энгийн зүйл
Багаар ажиллах, хамтран ажиллах нь миний хөгжил дэвшлийн зам юм
Тийм ч учраас би өөрийнхөө болон багийнхаа амжилтад итгэлтэй байна.

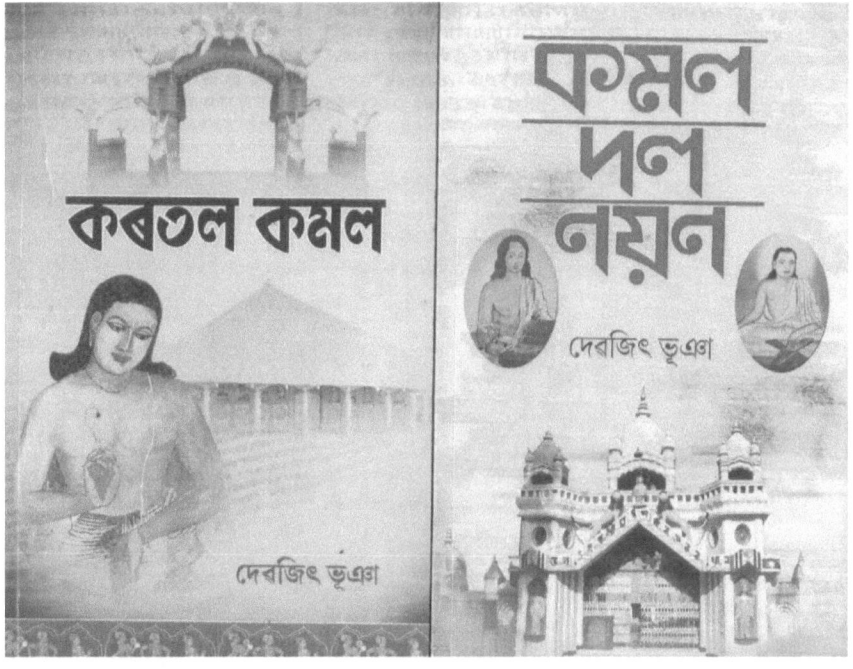

Шатаж буй цэцгийн мод

Кадам модны дээр бүргэд үүрээ засдаг
Түүний дор хатуу заан баяр хөөртэй тоглож, амарч байна
Эх заан ойролцоох гадил жимсний мод руу харж байна
Түүний тугал үнэгүй урсаж буй гадил жимсний жижиг ургамлыг эдлэхийг хүсдэг
Сималу (bombax-ceiba) -аас ниссэн хэдэн жижиг хөвөн ирлээ
Тугал ч мөн адил барина гэж үсрэн араас нь гүйж эхлэв
Бөмбөр цохихыг сонсоод ээж болгоомжилдог
ширэнгэн ой руу хатуу нүүж, зааны жимсийг таашаав
Тэнд ч гэсэн нисдэг хөвөн тэднийг цагаан өнгөөр угтав
Энэ бол байгаль бүх амьтантай хамт зугаацдаг цаг юм.

Арабын ард түмэн

Арабын далай том, өргөн
Гэхдээ явцуу бодолтой хүмүүс дандаа тэмцдэг
Арабын орнууд бүтэн жилийн турш хэт халуун байдаг
Энэ нь Арабын ард түмэн үргэлж тулалдаж байсан шалтгаан байж болох юм
Хазарат бүс нутагт амар амгаланг бий болгохын тулд шинэ шашныг нэвтрүүлсэн
Эхэндээ хүмүүс түүнийг урвасан гэж үзэн шахаж байсан
Хэдийгээр хожим Мухаммедын шашин хурдацтай хөгжиж байв
Арабын амгалан тайван байдлын шалтгаан бүрмөсөн алга болов
Бүс нутагт ямар ч шийдэлгүй дайн үргэлжилсээр байна
Арабын ард түмэнд эмэгтэйчүүдийн эрх чөлөөгөөр орчин үеийн сэтгэлгээ хэрэгтэй.

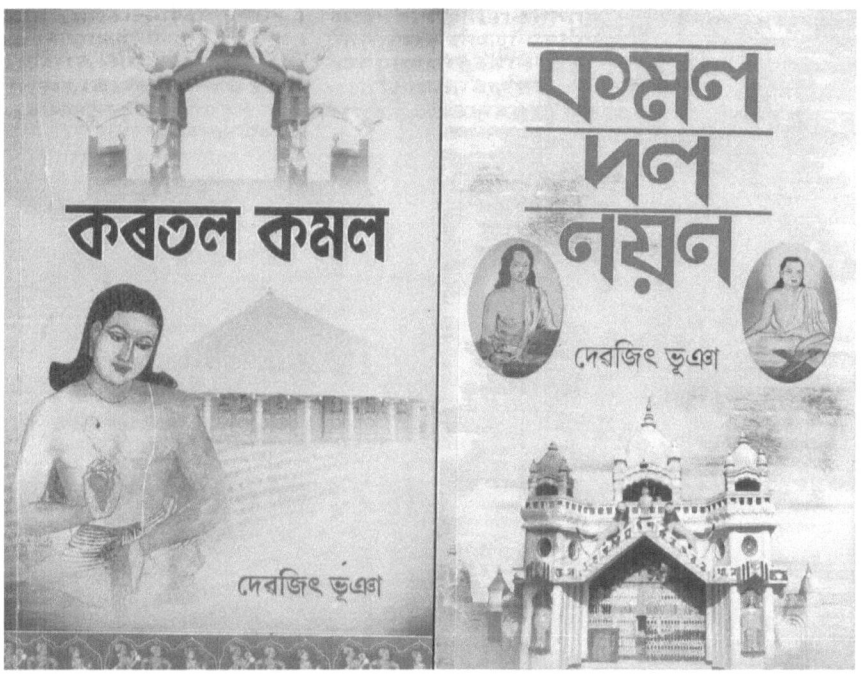

Ширэнгэн ой

Ширэнгэн ой, ой модыг амьтдын хяналтанд байлгах ёстой
Хомо сапиенс гэгддэг ухаантнууд биш
Энэ ертөнц зөвхөн нэг төрөл зүйлд хамаарахгүй
Төрөл бүхэн энэ гараг дээр амьдарч, оршин тогтнох эрхтэй
Бид ухаалаг байж болох ч манай гарагийг усттах эрх байхгүй
Хүн төрөлхтний оршин тогтнохын тулд экологийн тэнцвэрт байдал бас байх ёстой
Ширэнгэн ойд байгаа амьтдын тухай бичээс нь хүрээлэн буй орчныг тогтвортой болгодог.

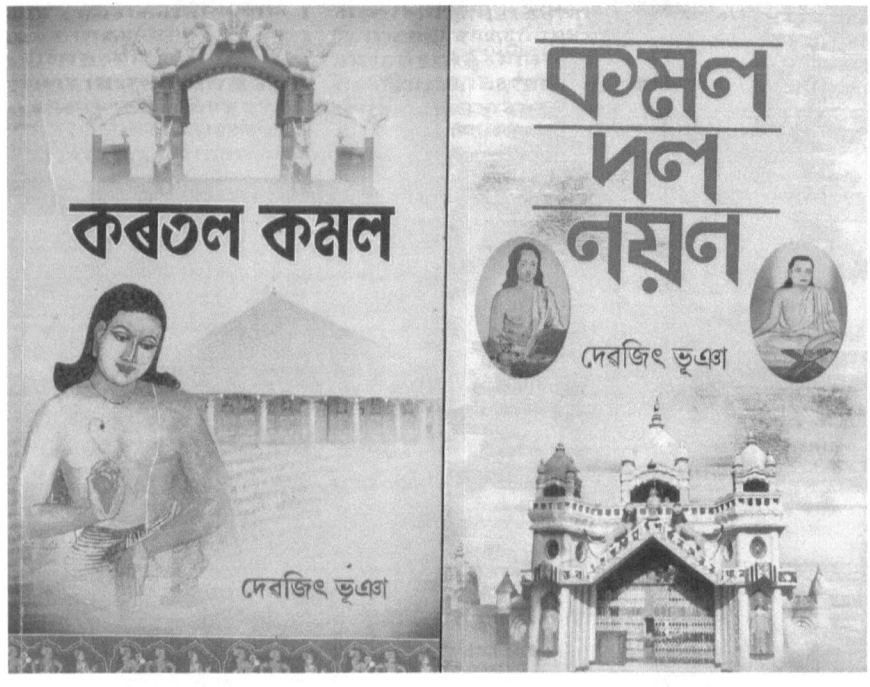

Хаддар (хади даавуу)

Гар хийцийн хадны даавууг урамшуул
Арьс болон Энэтхэгийн эдийн засагт сайн
Хотуудад нэгэн цагт хадийг үл тоомсорлодог байсан
Харин одоо хүмүүс үнэ цэнийг нь мэддэг болсон
Ганди хадгийг чархагаар (ээрэх хүрд) сурталчилсан.
Хади Энэтхэгийн хөдөөгийн эдийн засгийг хөгжүүлэхэд тусалсан
Хөдөөгийн олон мянган хүн бэлэн мөнгөний урсгалтай байсан
Хади тосгоны эмэгтэйчүүдийг хүчирхэгжүүлсэн
Харин ээрмэлийн үйлдвэрүүд болон полиэфир нь Хадид том цохилт өгдөг
Одоо Хади аажмаар алдартай болж байна
Тусгаар тогтнолын түүхэнд Хади үргэлж дурсагдах болно.

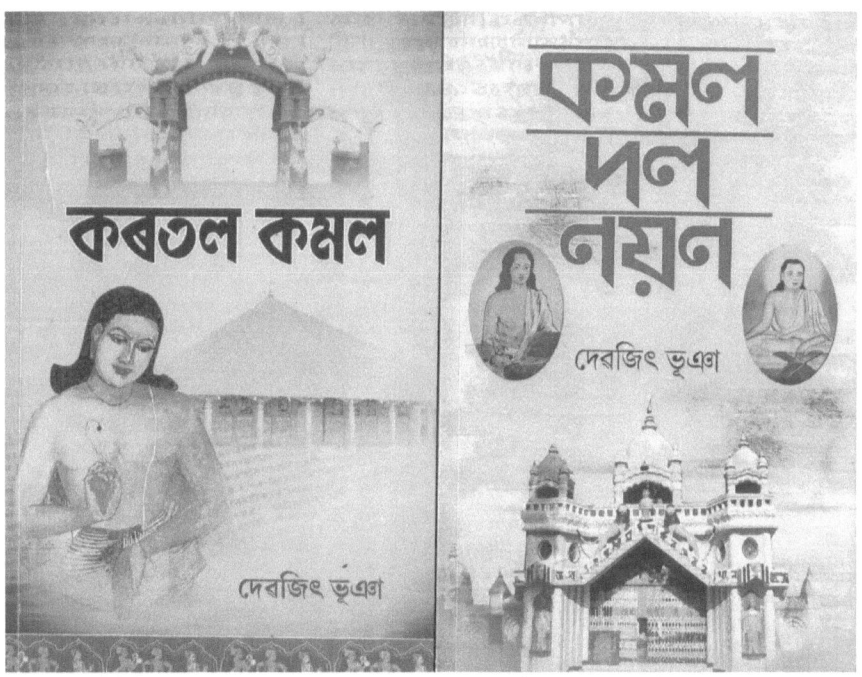

Ассам сүрчиг (Агар модны тос)

Арабын ертөнцөд Ассам сүрчиг маш их алдартай

Ийм төрлийн агарыг дэлхийн хаана ч үйлдвэрлэдэггүй

Ажмал үүнийг Араб, Европ, Америкт брэнд болгосон

Энэ нь одоо Бангладеш, Австралид алдартай

Ассам ширэнгэн ойд агар мод ургадаг

Тодорхой шавьж үржүүлснээр агар тос урсдаг

Агарын үнэр нь өвөрмөц бөгөөд мусульманчуудын дунд түгээмэл байдаг

Ойролцоох бүх хиймэл үнэртэй ус нь богино, нарийхан байдаг.

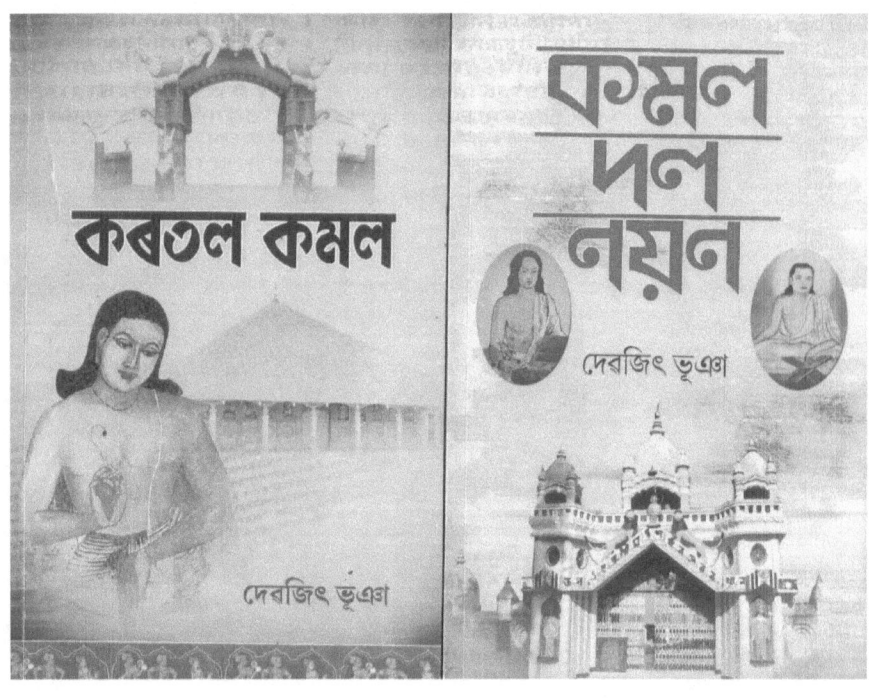

Үер

Өө чиний том гол, өө чиний гүехэн гол
 Үерээр сүйрэл үүсгэж болохгүй
Үр тариагаа сүйттэж, үржил шимт газрыг бүү сүйттэ
Таны үйлдлээс болж ядуучууд хамгийн их хохирсон
Хүчтэй борооны үед та ямар ч замаар урсдаг
Үерийн улмаас олон соёл иргэншил сүйрчээ
Хэдийгээр гол мөрөн бол хүн төрөлхтний соёл иргэншлийн амин сүнс юм
Одоог хүртэл далан ч гэсэн шийдэл гаргаж чадаагүй
Далан хагарснаас болж гамшиг цөөхөн тохиолдсон
Чиний хүчирхэг урсгал аажим аажмаар тайван, тайван болж байна.

Ажлын үр жимс (Үйлийн үр)

Хүн бүр хийсэн ажлынхаа үр шимийг муу ч бай, сайн ч бай эдлэх ёстой

Ньютоны гуравдахь хууль нь бүх нийтийнх бөгөөд зайлсхийх боломжгүй юм

Сайн үйлс, сайн үйлс сайн өгөөж өгдөг

Муу үйлдэл, үйл ажиллагаа нь таныг зовлонд унагах болно

Үйлийн үр, үр жимсээс хэн ч дархлаагүй

Сайн ажил хий, сайныг бодох нь Санкардевагийн ном юм

Хүмүүс, нийгэм, амьтны ертөнцөд сайн үйлс бүтээгээрэй

Үхлийн үед та амар амгалан, амар амгалан, хүндэтгэлийг олох болно.

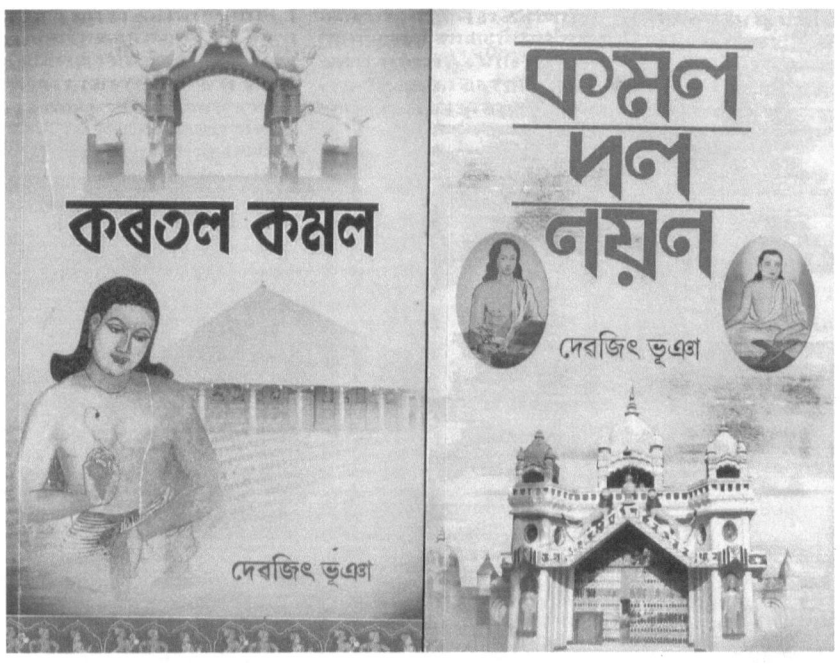

Атаархал

Бусдын амжилтыг харахын тулд бүү атаарх

Илүү сайн амжилтанд хүр, тэгэхгүй бол амьдрал уйтгартай байх болно

Атаархахаараа чи хэзээ ч алдартай болохгүй

Бусдыг үргэлж шүүмжлэх нь таны амьдралыг сүвэрхэг болгоно

Атаархалдаа шатахын оронд асар их ажил хий;

Атаархал, эго бол таны муу хамтрагч юм

Тэд чамайг аварга болохыг хэзээ ч зөвшөөрөхгүй

Харин ч тэд таны сайн найзын санаа бодлыг гутаах болно

Амьдралд амжилтанд хүрэхийн тулд атаархлын цөллөг, эго нь сайн шийдэл юм

Муу хамтрагчаа орхи, тархи нь бүтээлч симуляцийг эхлүүлэх болно.

Бүх зүйл ердийнхөөрөө явах болно

Ирэх жил амьд үлдэх үү, үгүй юу
Дэлхий эргэлт, эргэлтээ хийх болно
Бохирдлыг дагаад улирал нь ердийнхөөрөө өөрчлөгдөнө
Байнгын шийдэл байхгүй байж магадгүй
Гэсэн хэдий ч бүх зүйл ердийнхөөрөө явах болно;
Миний шархалсан зүрх ухэх хүртлээ нэгдэхгүй байх
Гэсэн хэдий ч шархалсан зүрх сэтгэлтэй хүмүүс иттэл найдвар, иттэлийг хадгалах болно
Амьдралын зовлонг даах чадвартай зарим нь баяртай гэж хэлэх болно
Олон удаа бүтэлгүйтсэн ч зарим нь дахин нэг оролдлого хийх болно
Гэсэн хэдий ч, гариг урагшлах болно;
Манай орчлон ертөнцийн үүслийн тухай шинэ онол гарч ирнэ
Эрдэмтэн, философичдын үзэл бодол олон янз байх болно
Гэсэн хэдий ч орчлон ертөнцийн тэлэлт зогсохгүй, буцахгүй
Физикийн үндсэн хуулиудыг байгалийг хадгалах болно
Нэг жил дэлхийн хувьд ямар ч ач холбогдолгүй, гэхдээ бидний ой санамж хадгалагдах болно;
Цаг хугацаа, өнгөрсөн, одоо, ирээдүйн өмч буцахыг зөвшөөрөхгүй
Амьдрал давхраа, овоо шиг ирж, ирэх болно
Том үйл явдлын түүх хүртэл хязгаарлагдмал хугацаанд оршин тогтнох болно
Энэ бол байгаль, бүтээлийн гоо үзэсгэлэн, маш тэнцвэртэй, сайхан юм
Хорин хоринд гуравт баяр баясгалан, дарсаар үдээрэй.

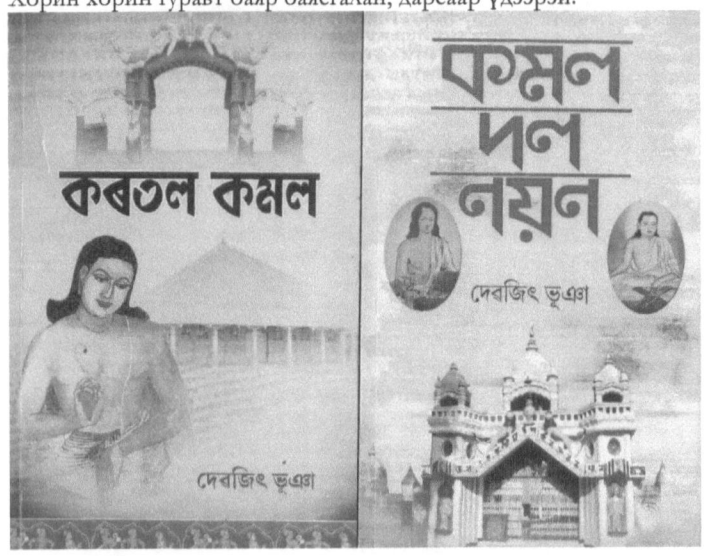

Мэлхий

Хэзээ нэгэн цагт удаан, тогтвортой уралддаг байсан

Учир нь хурдан хөдөлдөг туулай жаахан амрахаар шийджээ

Гэвч ой модыг устгаснаас болж одоо бүх зүйл өөрчлөгдсөн

Одоо яст мэлхий, туулай хоёулаа саналаа алдаж байна

Яст мэлхий хатуу бамбайгаа ашиглан ухаалаг үнэгийг хуурч чадна

Гэвч яст мэлхий амьд үлдэж, газар тариалангийн салбарт хууран мэхэлж чадахгүй байв

Яст мэлхий амаа хамхих ёстой байтал амаа нээв

Хамгаалах бүс, шүхэргүй тэнгэрт нисэх нь буруу

Тогоруу ч, яст мэлхий ч чихэндээ хөвөн хэрэглэдэггүй байв

Дуу шуугиан, баяр баясгаланг хариулах нь үргэлж уур хилэн эсвэл нулимсыг авчирдаг.

Хэрээ ба үнэг

Үнэг хэрээг хуурч, махны зүсэмийг идэв

Хэрээ үнэгний амнаас тахиа салгаж өшөөгөө авчээ

Хэрээ хайрга тавиад тогооноос ус ууж байгааг харлаа

Үнэг хэд хэдэн удаа үсэрч усан үзэм идэх гэж оролдсон ч амжилтанд хүрсэнгүй

Хэрээ бүтэлгүйтлээ троллинг, доромжилсон байрлалаар инээв

Бүргэд хонь өргөж чаддаг юм бол хэрээ би яагаад болохгүй гэж

Тэр ноос дээр наалдсан бөгөөд үнэгний хувьд таашаал авчирсан

Үнэг хулсны дээгүүр үер урсахыг Бурханд залбирав

Тэнгэрт чөлөөтэй ниссэн хэрээ хаана суух вэ

Бурхан бороо, бороо асгаж, үнэгийг үерийн усан дээр хөвөхөд хүргэв

Үнэг алдаагаа ухаарч, цаг агаар дахин сайхан байгаасай гэж залбирав

Хэрэв хөршүүд ухаалаг, амжилттай бол бүү атаарх

Хэрэв та чадваргүй өрсөлдөх гэж оролдвол нөхцөл байдал хүнд байх болно.

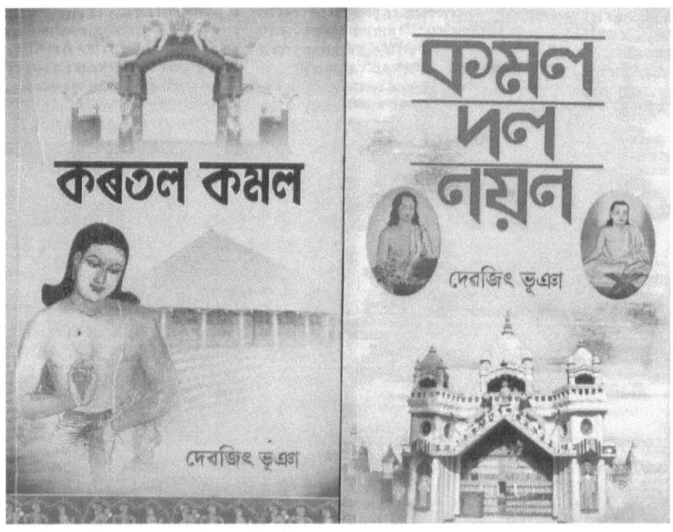

Өөрийнхөө шийдлийг олоорой

Та хоёр зуун жил амьдармаар байна уу?
Яст мэлхий эсвэл цэнхэр халим байж, таашаал аваарай
Та хөх тэнгэрт өндөрт нисэхийг хүсч байна уу?
Бүргэд болохын тулд та оролдож болно
Эрүүл байхын тулд хурдан гүймээр байна уу?
Чита бол, чи бүхнээс түрүүлэх болно
Та өндөр байж, алсыг хармаар байна уу?
Анааш байж ярианы модны навч идээрэй
Та ямар ч хяналтгүй амьдралаар амьдрахыг хүсч байна уу?
Хүний гаршуулж чадаагүй Зебра болоорой
Та бусадтай хэрэлдэж, хуцахыг хүсч байна уу?
Ротвейлер нохой байж бусдыг хазах
Та өдөр шөнөгүй унтмаар байна уу?
Коала бай, ажиллах, тэмцэх шаардлагагүй
Илүү их, хэт их хоол идэхийг хүсч байна уу?
Чиний хувьд заан болох нь сайн хэрэг
Та паспорт, визгүй зорчихыг хүсч байна уу?
Сибирийн тогоруу байх нь хамгийн сайн сонголт юм
Гэхдээ та оюун ухаантай хүн учраас
Та юу хүсч байна, юуг эрхэмлэх вэ, та өөрөө шийдлийг олдог.

Хэн ч чамайг татахгүй

Чамайг унахад хэн ч туслахгүй

Бүгд титэм авахын төлөө гүйж байна

Галзуу яаран сандран дарагдаж магадгүй

Таны үхсэн бие шат болж магадгүй

Энэ хөдөлгөөнт ертөнцөд та ганцаараа гэдгээ үргэлж санаарай

Нулимсыг чинь арчих, гавар тавих гэж хэн ч ирэхгүй

Ганцаараа байхын тулд та босож, тайван байх хэрэгтэй

Эцсийн эцэст бүгд нэг газар хүрнэ

Өвдөлт, таашаал, нулимс бүгд сүйрэх болно

Тэгэхээр яагаад хором мөч бүрт унахаас айж хархны уралдаанд нэгдэх болов

Эцсийн эцэст бүтэлгүйтэл, амжилтыг тоодоггүй гэдгийг та мэдэх үед

Алдах, хожих зүйлгүй тул удаан, тогтвортой хөдөл

Ингэснээр та аяллын үеэр стресс, өвдөлтөөс зайлсхийх боломжтой.

Хардалт, атаархал, атаархал

Тэрээр Бурханы адислалыг авахын тулд хэдэн жил залбирсан

Эцэст нь Бурхан гарч ирээд, 'Миний хүүхдэд юу хүсч байна вэ?'

"Би юу хүссэнээ тэр даруй авахыг хүсч байна"

'Гэхдээ чамд яагаад ийм адислал хэрэгтэй байгаа юм бэ?' гэж бурханаас асуув

"Би аз жаргалтай, баян байх хүслээ биелүүлэхийг хүсч байна"

Би чамд энэ адислалыг бүрэн бус нөхцөлөөр л өгч чадна гэж Бурхан хариулав

"Надад зөвшөөрөгдөх бүх нөхцөл" зөвхөн миний хүслийг биелүүл

"Чи хүссэн зүйлээ авах болно, харин хөрш чинь давхар авах болно"

Харин та бусдад хор хөнөөл учруулахыг оролдвол бүх зүйл алга болно гэж Бурхан анхааруулав

Надад зөвшөөрч байна гэж тэр хүн "Бурхан "Амен(তথাস্তু)" гэж хэлээд алга болсон

"Надад хоёр давхар сайхан барилга өгөөч" гэж тэр хүн хүсэв

Тэр даруй хөршдөө дөрвөн давхар байшинтай хамт болсон

Би гэртээ арван сайхан машинтай байх ёстой

Энэ нь хөршдөө хорин сайхан машинтай тэр даруй болсон

Би арын хашаандаа усан сантай байх ёстой

Тэр даруй хөршдөө хоёр усан сантай болсон

Долоо хоногийн дотор тэр хүн бухимдаж, хөршдөө атаархаж эхлэв

Удалгүй тэр хөршийнхөө баялгийг хараад уурлав

Хөршөө яаж ялах вэ гэж бодоод тэр хүн галзуурч, галзуурчээ

Хөршийнхөө гэр рүү харахад тэр маш их гунигтай байв

Хөрш нь хоёр усан сангийнхаа ойролцоо баяртайгаар алхаж байв

Түүний аз жаргалтай хөршийг хараад түүний бодол санаанд гэнэт орж ирэв

"Нэг нүд минь гэмтээсэй" гэж тэр хүн хөрш рүүгээ харав

Тэр даруй хөрш нь сохор болж, усан сандаа унасан

Хөрш нь усанд сэлэх мэдэхгүй байсан тул нас баржээ

Тэр хүн —Бурхан минь, ерөөлөө буцааж ав.

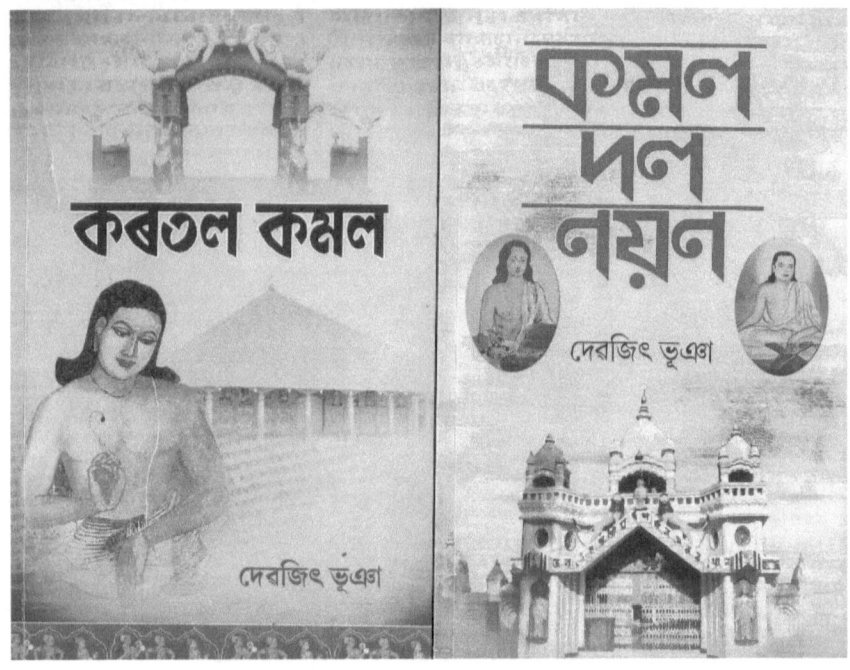

Мөнх бус байдал ба үхэшгүй байдал

Үхмээр байгаа бол үхэшгүй мөнх учраас үхэхгүй

Хэрэв та мөнх амьдрахыг хүсвэл үхэх болно, учир нь чи мөнх бус юм

Амьдралын үндсэн зөн совин бол мөнх амьдрах, амьдрах явдал юм

Гэвч байгалийн хууль эсрэгээрээ, хамгийн чадалтай нь ч үхэх ёстой

Хоёр эсрэг хүч, амьдрал, үхэл байнга ажилладаг

Тийм ч учраас зүйлийн хувьсал үргэлжилж, хэзээ ч зогсохгүй

Зарим нь хэдхэн цагийн турш амьдрах болно; зарим нь таван зуун жил амьдрах болно

Гэхдээ хэний ч хувьд байгальд онцгой эмчилгээ хийлгэж, нулимс дуслуулсан

Та амьд байгаа цагт хатуу үхэл эхлээгүй байна

Та мөнх бус, мөнх бус байдал арилаагүй.

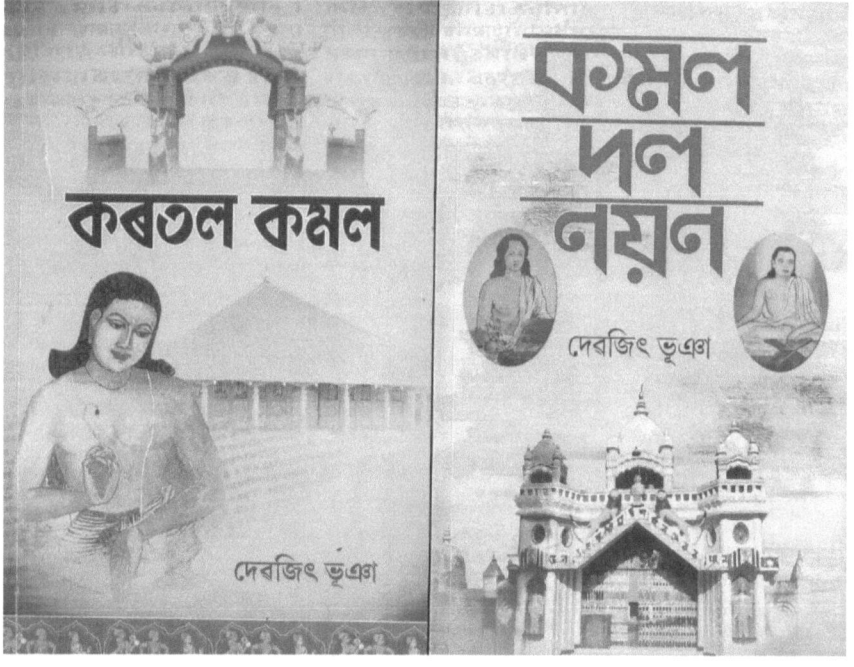

Зорилгоо мэдэхгүй байна

Амьдралын зорилго бол үр удмаа төрүүлэх явдал юм
Эсвэл амьдралын зорилго нь генетикийн кодыг хамгаалах уу?
Амьдралын зорилго бол сайн хоол идэж, сайн унтах явдал юм
Эсвэл дараагийн хойч үедээ өгүүлэх түүхийг бүтээх зорилготой юу?
Амьдралын зорилго бол мөнгө, эд баялаг хурамтлуулах явдал юм
Тэгээд диваажин, там руу явахдаа бүгдийг орхих уу?
Амьдралын зорилго бол амар амгалан, аз жаргалыг эрэлхийлэх явдал юм
Тэгвэл яагаад амьдралдаа ийм олон үйл ажиллагаа, бизнес эрхэлдэг вэ?
Амьдралын зорилго бол өвдөлтийг багасгах, тав тухыг нэмэгдүүлэх явдал юм
Дараа нь комд амьдрах нь хамгийн сайн амралтын газар байх байсан;
Амьдрах, бусдад амьдруулах нь амьдралын зорилго мөн
Тэгвэл бид тахиа, хурга, малын ах дүүсээ яаж идэх вэ?
Хэрэв бүтээгчдээ залбирч, алим өнгөлөх нь зорилго юм
Бидний өвөг дээдсийн мөнгө, шимпанзе яагаад энэ сургалтанд хамрагдаагүй юм бэ?
Ямар ч зорилгогүй, хүрэх газаргүй бол амьдрал
Зөвхөн өнөөдөр аз жаргалтай, тайван амьдрах нь цорын ганц шийдэл юм;
Зорилгоо олох гэж оролдоход бид луужингүй гүн ойд байдаг
Амьдралаа мухардлыг бодолгүйгээр өөрийнхөөрөө аялж амьдрах нь дээр.

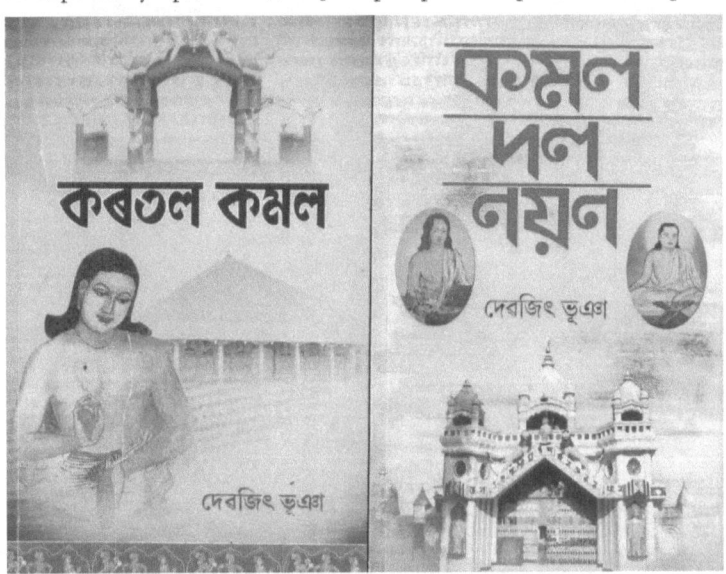

Бидний хөдөлмөрлөж олсон мөнгө хаашаа алга болдог вэ?

Амьдралынхаа туршид бид таталцал, үрэлтийг даван туулахын тулд эрчим хүчийг олж авдаг

Гэхдээ тэг таталцал, тэг үрэлт нь амьдралыг ичээнд оруулах болно

Цахилгаан соронзон ба таталцал бүхий цөмийн хүч нь амьдралын эх үүсвэр юм

Үрэлт нь бидний материаллаг амьдралын замыг удирдахад чухал үүрэгтэй

Бидний хөдөлмөрлөж олсон мөнгөний ихэнхийг таталцлын хүчинд иддэг

Сайхан даашинз, гоёл чимэглэл нь зөвхөн нэмэлт зүйл юм

Бүх нэмэлт ачаа тээшийг дахин зөөхийн тулд бид эрчим хүч зарцуулах хэрэгтэй

Таталцал, цахилгаан соронзон, цөмийн хүчнүүдтэй тоглох нь амьдрал юм

Үрэлтийн үүрэг бол эхнэрийн хийдэг бүх ажлыг хийх явдал юм

Хүнсийг эрчим хүч болгон хувиргаж, хүчийг даван туулахын тулд эрчим хүчийг ашиглах

Амьд үлдэх энэхүү үндсэн ажлыг хийхийн тулд homo sapiens-д өөр эх сурвалж байхгүй

Мод нь таталцлын болон үрэлтийн асуудалд илүү сайн байр суурь эзэлдэг

Хоолны хувьд ч фотосинтез нь тэдний өвөрмөц нууц, хялбар шийдэл юм.

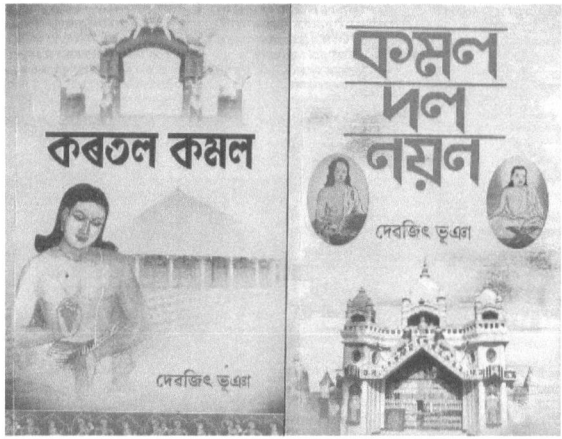

Монгуус

Тэрээр үзэн ядалт, атаархал, хүний амьдралын нарийн төвөгтэй байдлыг мэддэггүй байв

Тэр зөвхөн эзэндээ болон тэдний хүүхдийг зүрх сэтгэлээсээ хайрладаг байв

Түүний хайр, үнэнч байдалд ямар ч далд санаа, ашиг сонирхол байхгүй

Амьтны зөн совинтой, харгис хүний сэтгэлээс дээгүүр амьтан байсан

Тиймээс тэрээр багшийн хүүгийн амийг аврахын тулд үхэлтэй тэмцэж, өвдөг сөгдөв

Мөн тэрээр үнэнч шударга, эзэндээ хайртай байсан тул амжилтанд хүрсэн

Түүний хоёрдмол утгагүй чин сэтгэл, залуу найзаа хамгаалах хүсэл

Гэвч хүний нарийн төвөгтэй, утастай оюун ухаан үргэлж сөрөг зүйлийг хамгийн түрүүнд боддог

Мангусын бие дээрх цусыг хараад хатагтай түүнийг шууд алав

Учир нь эхний ээлжинд зөрэг, сайн, маш цөөхөн хүн сэтгэж чаддаг.

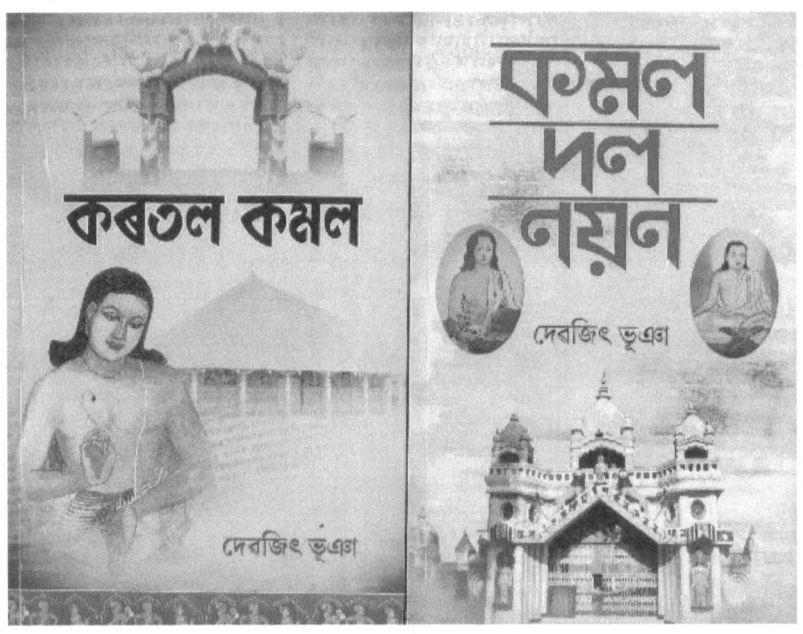

Бурханы адислалууд

Бурханы адислалууд нь дотоод үнэлгээ, хуралдааны тэмдэгтэй адил юм

Хэрэв та залбирч, пужа хийж, түүнд мөнгө эсвэл алт өргөвөл адислал хүртэх болно

Хэрэв та эдгээр бүх зүйлийг хийхгүй бол та амьд үлдэх болно, гэхдээ амжилт хүлээж байна

Гэсэн хэдий ч та залбиралгүйгээр онолын талаар шаргуу ажиллаж шалгалтаа өгч чадна

Алимны өнгөлгөөгүйгээр олон хүмүүс илүү сайн түүхийг бичсэн байсан

Өдөр бүр залбирдаг хүмүүс ч өвчин, ослоор нас баржээ

Чин бишрэлтэн бус хүмүүсийн хувьд амьдрал, үхэл нь ижил найрлагатай байдаг

Шашны зуучлагчид яагаад залбиралд илүү ач холбогдол өгдгийг ойлгохгүй байна

Өлсгөлөн гуйлгачин дүртэй Бурханыг хэн ч хэзээ ч харж байгаагүй

Бурхан бие махбодтой болсон тухай шинжлэх ухааны нотолгоо ховор байдаг

Бурханы адислалыг авахын тулд үнэнч шударга, үнэнч шударга байх нь илүү дээр юм.

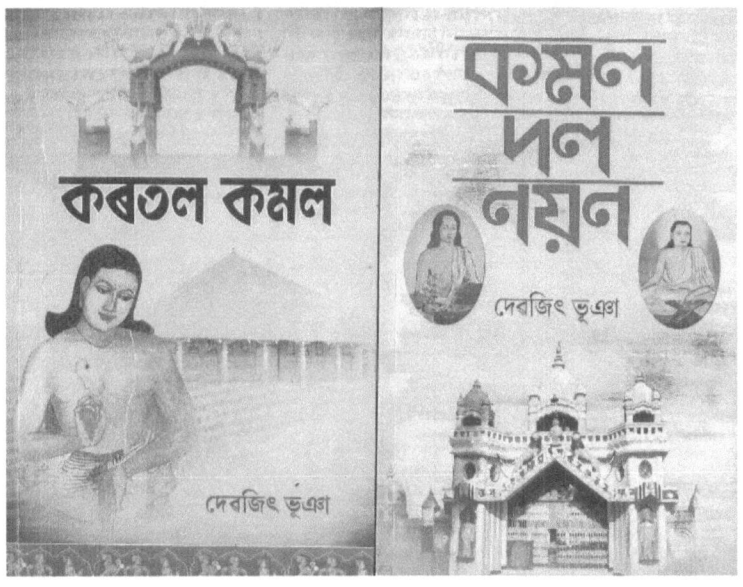

Үхсэн мод байх нь дээр

Би үхсэн мод, нар, сарны дор хэвтэж байна

Удахгүй эх дэлхийд шингэхээр хурдан ялзарна

Гэсэн хэдий ч хөвдний хувьд миний үхсэн бие бол мөөгөнцөр юм

Тэднийг нас барсны дараа ч хоол хүнс, тэжээлээр хангах

Тэдний хувьд би ирээдүйн замналын бамбар зөөгч нь

Би хөрсөнд бүрэн дүрэн дүрж, түүний нэг хэсэг болох хүртэл

Илүү олон хогийн ургамал, шавьжны шинэ амьдрал эхэлнэ

Хэзээ нэгэн цагт шувуу миний төрөл зүйлийн үрийг энд хаях болно

Би дахин том мод болон ургаж, шувууд мөчрүүдийг хуваах болно

Энэ үйл явцад би үхэшгүй мөнх мөнх бөгөөд модыг хүн бүр халамжлах ёстой.

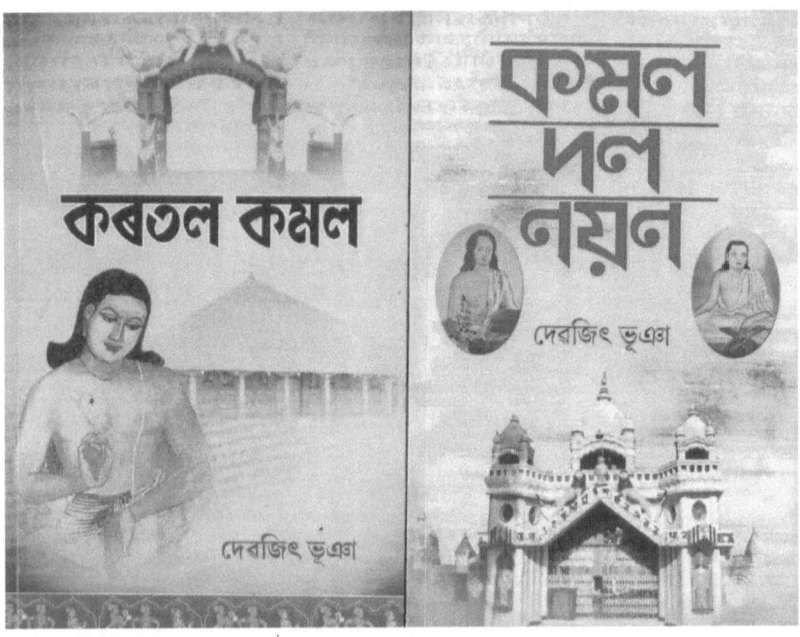

Би зомбитой хамт амьдардаг

Би зомбигийн сүрэгт амьдардаг

Мөнгөний шунал, хүсэл тачаалд донтсон

Тэдний үнэлэмжийн систем нь зэвэнд ялзарсан

Хуримтлагдсан тоосыг цэвэрлэх хүсэлгүй байна

Зөвхөн мөнгөн дээр л тэд иттэл, иттэлтэй байдаг

Зорилго нь эд баялаг, үхэшгүй байдлыг цуглуулах явдал юм

Мөнх амьдрахыг эрэлхийлж, ёс суртахуунаа алдсан

Тэдний цорын ганц зорилгын төлөө шударга байдлаас татгалзах болно

Мал сүргийн хандлагыг хэн ч өөрчилж чадахгүй

Будда, Есүс болон бусад хүмүүс ядарсан

Олон мянган эрхэм дээдсүүд нас барж, тэтгэвэрт гарсан

Гэсэн хэдий ч шунал, шунал тачаалын төлөө зомбинууд ядрахгүй.

Тэгээд амьдрал ингэж л явдаг

Даваа, Мягмар, Бямба, долоо хоног алга болсон
Нэг сайхан өглөө бол сар бүр хураамж төлөх хугацаа юм
Нэгдүгээр сар хоёр, гуравдугаар сар болж, гэнэт арванхоёрдугаар сар солигдоно
Автобус, галт тэрэг хүлээж зогсох цаг үргэлжилсээр
Нисэх онгоцны буудлын амралтын өрөөнд хүлээх нь сэнстэй цагийг дэмий үрэх явдал юм
Зорьсон газартаа хүрэхийн тулд олон цаг машинтай яваад нэмэргүй
Бид амьдралынхаа гуравны нэгийг орондоо өнгөрөөдөг
Оюутны амьдралд хэрэгцээгүй зүйл сурах зургаан цаг ямар ч үнэ цэнэгүй
Эмч нарын өрөөний гадаа хүлээж байхдаа цаг хугацаа удааширч байгааг бид ойлгосон
Бид хэчнээн сарыг энэ байранд өнгөрүүлсэнийг хэн ч тоодоггүй
Бага наснаасаа шалгалтын танхимд гурван цаг сууна гэдэг бол их мөнгө
Амьдралыг сайжруулахын тулд бид хичнээн их цаг зарцуулдаг вэ гэдгийг бид хэзээ ч тоодоггүй
Нэг мөчлөгт бид эргэлдэж, эргэлдэж, эргэлддэг
Ямар ч хүн тодорхой хугацаанд нарны эргэн тойронд хөдөлдөг гараг биш юм
Хэрэв та тав тухтай амьдралаас гарч чадахгүй бол таны хувьд нарны гэрэл байхгүй
Хуурмаг амжилтын төлөө хурдны уралдаанд гүйж, алга ташиж байна
Амьдралаа өөрийн гэсэн өвөрмөц хэв маягаар удирдахын тулд та хоцрогдсон байдаг
Цаг хугацаа дуусч, та булшинд очих нь гарцаагүй
Би зоригтой биш аймхай байсан болохоор өөрөөр бодож байгаагүй гэдгийг та ойлгож байна.

Шархалсан зүрх

Гэнэт зүрх нь хагарах үед

Зарим хүмүүс согтуу болсон

Гэхдээ энэ нь батлагдсан арга биш юм

Таны амьдралыг амархан хулгайлж болно

Ямар ч үед юу ч тохиолдож болно;

Өнгөрснөө мартаад цаашаа явахад амархан

Гэхдээ хүн бүр ижил хүйстэн болж чадахгүй

Эвдэрсэн зүрхний төлөө бид төлөх ёстой

Ганцаардаж байхдаа бид аргаа олох боломжтой

Өглөө бүр нар бидэнд шинэ иттэл найдвар, туяа илгээдэг;

Зүрх нь шархалсан үед зарим хүмүүс амиа хорлодог

Гэхдээ уй гашуугийн үеэр хэзээ ч яаран шийдээрэй

Гаднах хүмүүсийн зовлон, шаналалыг хар

Хэдийгээр та найдваргүй байсан ч өвдөлт аажмаар буурах болно

Бүх асуудлын шийдлийг та зөвхөн дотроос л олох болно.

Тогтворгүй технологи

Соёл иргэншлийн шинж чанар өөрчлөгдсөн

Хүмүүс одоо илүү мэдээлэлтэй, илүү ухаалаг болсон

Сэлмийн хүчээр шашныг түгээхэд бэрх

Мөн та коммунизмыг бууны тороор хүчээр тулгаж чадахгүй

Гэсэн хэдий ч ардчиллыг цэргийнхэн булаан авах нь ховор биш юм

Зарим хүмүүс зэрэгцэн орших зарчмыг хараахан хүлээн зөвшөөрөөгүй байна

Тэдний иттэл үнэмшлийг хамгаалахын тулд дэлхий даяар эсэргүүцлийг бид харж байна

Гэвч соёл иргэншлийн хөгжил тууштай үргэлжилсээр байна

Технологи, тээвэрлэгч долгион нь хил хязгаарын талаар хэзээ ч санаа зовдогтүй байв

Тэгээд одоо хүн төрөлхтнийг хээрийн түймэр мэт бүрхэж, зогсоож чадахгүй байна

Удалгүй нийгмийн хуваагдлын тогтолцооны бүх хорон муу зүйл нуран унах болно.

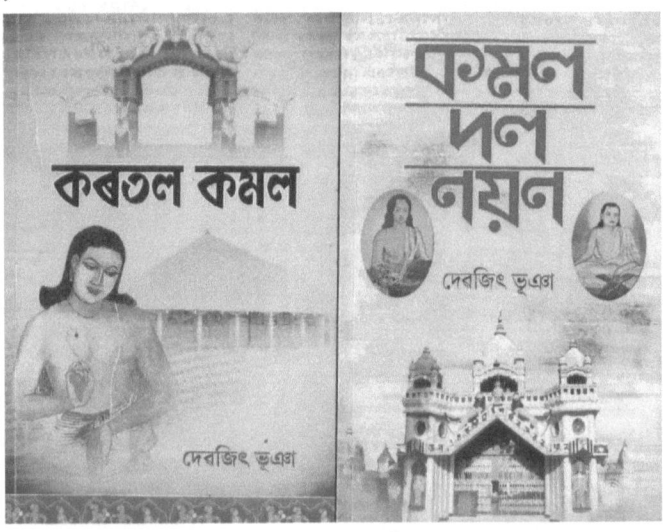

Хүйсийн тэгш бус байдал

Тэр бурка доогуураа нулимсаа арчаад тэнгэр рүү харав

Түүний хувцсыг бага насны дөрвөн хүүхэд татаж байна

Зургаан жилийн өмнө тэр ээжийгээ орхин явсан юм

Тэр уйлж, уйлсан ч хэн ч түүнийг сонссонгүй

Арван хүүхдийн хамгийн том нь болохоор никийг хүлээн авах ёстой

Түүний үүрэг хариуцлага зургаан эгчдээ мөн ногддог

Том нь гэртээ байгаа тэд яаж гэрлэх вэ

Анх нэвтрэлтийг хийх үед тэр дөнгөж арван гурван настай байсан

Тэр нөхрөө хараад ямар их айж байсныг одоо ч санаж байна

Тэр хүний нөгөө гурван эхнэр ч түүн рүү шаналж харав

Гэвч тэдэнд түүнийг шинэ унтлагын өрөөнд оруулахаас өөр сонголт байсангүй

Одоо дөрвөн эмэгтэй бүгд үзэн ядаж, атаархаж амьдарч байна

Учир нь тэд хүүхдүүдээ тэжээж, сургах ёстой

Тэдэнд тохиолдоогүй гэж найдаж, нар хэзээ нэгэн цагт мандах болно

Мөн дэлхий ертөнц Бурханы нэрээр хүйсийн тэгш бус байдлаас ангид байх болно.

Нэг л өдөр шилэн тааз байхгүй болно

Нэгэн удаа түүнийг чандарлах газарт үхэхээс өөр аргагүйд хүрчээ
Тэд түүний өвдөлттэй дуут сонсохгүй, чанга хөгжим, бөмбөр тоглов
Түүнийг боол мэт харьцаж, эрэгтэй хүнд үйлчилдэг байсан
Хатан хаан сохор байсан тул хатан хаан ч гэсэн насан туршдаа нүдийг нь боосон байв
Түүнийг ямар ч шалтгаан, логикгүйгээр зөвхөн эрэгтэй хүний эго сэтгэлийг хангахын тулд хөөсөн
Тэр ч байтугай нөхрийнхөө нэрийг хүмүүсийн дунд дуудаж чаддаггүй байв
Тэрээр гэртээ торонд хоригдсон шувуу шиг амьдарч, ДНХ-г хадгалахын тулд өндөглөдөг байв
Шашны зуучлагчид түүнийг сүмд орохыг хүртэл хориглосжээ
Гэвч түүний соёл иргэншлийн гэрлийг авч явах эр зориг хэзээ ч няцдаггүй
Тийм ч учраас бид улс эх орон, хэлийг эх хэл гэж нэрлэдэг хэвээр байна
Тэр одоо торноос гарч, задгай тэнгэрт гарсан ч олон өндөрт нисэх ёстой
Хэзээ нэгэн цагт хүйсээр ялгаварлахгүй, шилэн тааз алга болно
Эх хүний эрхэм чанар, эмэгтэй хүний гоо үзэсгэлэнг хэн ч гутааж чадахгүй.

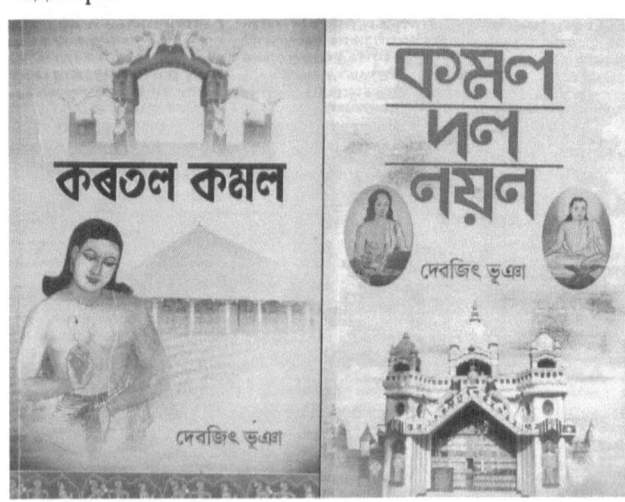

Бурхан түүний залбирлын байшинг сонирхдоггүй

Дэлхий лалын сүм, сүм хийдүүдээр дүүрэн байдаг

Гэвч дэлхий дээрх энх тайван, ахан дүүсийн харилцаа байнга сүйрдэг

Хүчирхийлэл, дайнаас ангид хүн төрөлхтний шийдэл нь тийм ч хялбар биш юм

Бурханы нэрээр бүх шашин бүдүүлэг тоглодог

Ариун Рамадан сард ч гэсэн хүмүүс асуудал үүсгэдэг;

Бурхан хэзээ ч дэлхийн хаана ч залбирлын байраа хамгаалах гэж оролдоогүй

Эвдэрсэн лалын сүм, сүм хийд, сүм хийдүүдэд тэр хүйтэн байна

Бурханы нэрийн өмнөөс аллагыг зогсоохын тулд тэр хэзээ ч зоригтой оролдсонгүй

Хувьсал, байгалийн үйл явцаар бүх зүйл нээгддэг

Нэг л өдөр идэвхгүй, идэвхгүй Бурханы тухай санаа зарагдаагүй хэвээр үлдэх болно;

Бурханы нэрээр хүмүүсийн хуваагдал нь хүн төрөлхтөнд гай зовлон авчирсан

Ариун гэгдэх хотууд ашигтай эрдэнэсийн санг нээжээ

Зэвсгийн сум худалдаж авахын тулд шашны удирдагчид хээл хахууль хийдэг

Өнөөдөр терроризм, хүчирхийллийн хувьд шашны газрууд хүүхдийн цэцэрлэг болжээ

Цорын ганц үл хамаарах зүйл бол ламсартай буддын шашны лам нар юм.

Зохиогчийн Тухай

Деважит Буян

Мэргэжилээрээ цахилгааны инженер, зүрх сэтгэлээсээ яруу найрагч ДЕВАЖИТ БХУЯН англи хэлээр болон эх хэлээрээ Ассам хэлээр шүлэг зохиох чадвартай. Тэрээр Энэтхэгийн Инженерүүдийн институт (БНЭУ), Захиргааны ажилтнуудын коллежийн (ASCI) гишүүн бөгөөд цай, хирс, Бихугийн нутаг болох Ассамын утга зохиолын дээд байгууллага болох Асам Сахитиа Сабхагийн насан туршийн гишүүн юм. Сүүлийн 25 жилийн хугацаанд тэрээр өөр өөр хэвлэлийн газруудаас 45 гаруй хэлээр хэвлэгдсэн 70 гаруй ном бичсэн. Түүний бүх хэл дээр хэвлэгдсэн нийт ном 157 болж, жил бүр нэмэгдсээр байна. Түүний хэвлүүлсэн номуудын 40 орчим нь Ассам яруу найргийн ном, 30 нь англи яруу найргийн ном, 4 нь хүүхдэд зориулсан, 10 орчим нь өөр өөр сэдвээр байдаг. Деважит Буянгийн яруу найраг нь манай дэлхий дээр байдаг, наран дор харагдах бүх зүйлийг хамардаг. Тэрээр хүнээс амьтан, одод, галактик, далай, ой мод, хүн төрөлхтөн, дайн, техник, машин, бэлэн байгаа бүх материал, хийсвэр зүйл хүртэл шүлэг зохиосон. Түүний талаар илүү ихийг мэдэхийг хүсвэл *www.devajitbhuyan.com* хаягаар орж эсвэл түүний YouTube сувгийг @*careergurudevajitbhuyan1986* үзнэ үү.

www.ingramcontent.com/pod-product-compliance
Lightning Source LLC
LaVergne TN
LVHW041850070526
838199LV00045BB/1532